탐정은

KB138682

었다

니고 쥬우

La detective está muerta.

[ill] 우미보즈

「내가 찾고 있는 사람을 찾아줬으면 해.」

나즈나기 나기사
Nagisa Natsunagi

키미즈카
키미히코

Kimihiko
Kimiduka

「가만히 있지 말고 대답해.
네가 소문의 명탐정—
키미즈카 키미히코야?」

「시가 삼십억 엔의 사파이어가 도둑맞는 걸 미연에 방지해주셨으면 해요!」

사이카와 유이

Yui Saikawa

「키미즈카──
마담의 일을
이어받을 생각은 없었어?」

샬럿
아리사카
앤더슨
Charlotte
Arisaka
Anderson

시에스타

Siesta

본명	불명
연령	불명
국적	불명
생일	4월 2일
좋아하는 것	홍차
잘못하는 것	일찍 일어나기
취미	낮잠, 조수를 놀리는 것
직업	명탐정
무기	머스킷 총
신조	의뢰인의 이익을 지키는 것

재색겸비,

천의무봉, 십전십미——

그녀가 그 자리에 등장하는 것만으로도

꽃이 피고 새가 노래하며

사건은 이미 끝나 있다.

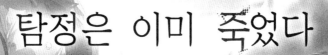

탐정은 이미 죽었다

니고 쥬우
[ill] 우미보즈

「마침 잘됐어. 너, 내 조수가 되어줘.」

La detective está muerta.

키미즈카 키미히코
[age] 18세
탐정의 조수.

나츠나기 나기사
[age] 18세
여고생.

character

「불합리해! 억지로 고용한 건 너거든!?」

「여기서 돌아가겠다고 하면 두 번 죽여줄 테니까.」

시에스타
(코드 임, 본명 불명)
[age] 불명 (고인)
탐정.

세상에서 가장 귀여운 아이돌 사이카와 유이라구요!

오랜만이군, 망할 꼬마. 이제야 자수할 마음이 들었나?

**샬럿
아리사카
앤더슨**

[age] 17세
탐정의 제자.

박쥐

[age] 34세
과거의 적.

……그쪽한테 애칭으로 불리고 싶지는 않은데.

내가 이 비행기를 하이재킹한 이유를 추리해봐라.

카와 유이

[age] 14세
아이돌.

카세 후우비

[age] 28세
형사.

CONTENTS

【프롤로그】

"승객 여러분 중에 탐정님은 안 계십니까?"

당연히 잘못 들었다고 생각했다.

그건 상공 1만 미터를 나는 여객기 안에서 일반적으로 들을 말이 아니었다.

그러므로 분명 내가 잘못 듣고 착각한 것으로—— 어쩌면 환청(幻聽)이라는 단어도 이러한 상황이 어원일지도 모른다.

"그건 아니겠지."

자기 자신에게 태클을 걸며 침착함을 조금 되찾았다.

침착함을 되찾고 나서 주위를 둘러보자 뭔가 황급한 기색의 승무원이 이쪽을 향해 빠른 걸음으로 다가오고 있었다.

"승객 여러분 중에 탐정님은 안 계십니까?"

잘못 들은 것이 아닌 모양이었다.

이거 참, 또?

왠지 모르게 나는 옛날부터 곧잘 성가신 일에 말려들곤 했다.

체질이 그렇다고 할까.

대로를 걷고 있으면 플래시몹에 참가하게 되고 골목으로 가면 하얀 가루의 거래 현장을 목격한다. 살인 현장에도 빈번하게 있다 보니 얼굴도장이 찍힌 경관에게 매번 의심을 받았으며 오늘도 내용물을 모르는 큼지막한 007가방을 들고 해외로 날아가고 있었다.

중2밖에 안 되는데 이렇다. 끝내는 스파이나 군인이라도 되는 게 아닐는지.

아니, 일반적인 공무원이 되고 싶다. 퇴근 시간 되면 집에 가고 싶으니까. 내 저질 체력을 얕보지 말아줬으면 좋겠다.

──그러므로.

"탐정이라니 말도 안 되지."

애당초 이건 무슨 상황인 건지.

보통 이런 시추에이션에서 요구되는 인재는 의사나 간호사잖아.

승객 여러분 중에 의사 선생님은 안 계십니까── 드라마나 만화에서 한 번은 들어 봤던 대사였다. 그러나 지금 이 하늘 위에서 찾고 있는 건── 탐정.

여기서 탐정이 나오는 이유가 뭔지.

하늘을 나는 기체 안에서 탐정이 필요한 시추에이션이란 대체 뭘까. 안 되지, 안 돼. 이 이상 괜한 트러블에 말려들고 싶지는 않다고.

나는 다가오는 승무원을 무시하며 눈을 굳게 감았다.

눈을 감은 직후였다.

"예, 제가 탐정이에요."

또렷또렷한 목소리에 자신도 모르게 눈을 떠보니 오른쪽 옆자리에 앉아 있던 또래로 보이는 소녀가 똑바로 손을 들어 올리는 모습이 보였다.

은백색 숏컷에 빨려 들어갈 듯한 푸른 눈동자. 시크한 색의 어딘가 군복을 본뜬 듯한 원피스에서는 새하얀 눈처럼 맑은 피부가 엿보였다.

마치 천사가 환생한 듯한 아름다움이었다. 미인이라는 단어를 사전에서 찾아보면 분명 그녀의 이름이 실려 있을 테고 인터넷에서 이름을 검색하면 관련 이미지에는 꽃이나 새나 달의 사진이 나열될 것이다.

그래서 이때부터 나는 그녀의 이름에만 관심을 쏟았다.

탐정 같은 건 아무래도 좋았다. 이 소녀가 누구인지 이름을 알고 싶었다.

"너 이름이 뭐야?"

그랬기에 나는 무의식중에 그 소녀에게 그런 질문을 하고 있었다.

하지만 결론부터 말하자면 그로부터 4년이 지난 지금도 나는 그녀의 진짜 이름을 모른다.

들은 것은 《시에스타》라는 코드네임뿐이었다.

그녀는 《세계의 적》과 싸우는 진짜 《탐정》이었다.

그 이래로 시에스타의 조수가 된 나는 그녀와 둘이서 여행을 떠났다.

"알겠지? 네가 벌집이 되는 동안에 내가 적의 목을 취할게."

"거기 명탐정. 내 죽음을 전제로 계획을 세우지 말라고."

"걱정 마. 네 컴퓨터의 검색 이력은 책임지고 지워둘 테니까."

"⋯⋯잠깐만. 너 본 거야? 내 컴퓨터의 검색 이력을 봤어?"

그런 실없는 농담도 주고받게 된 우리는 이윽고 3년에 걸친 눈부신 모험극을 펼쳤고——.

죽음으로써 헤어졌다.

지금은 그로부터 1년이 더 지났기에 4년.

열여덟 살. 홀로 살아남아서 고등학교 3학년생이 된 나—— 키미즈카 키미히코는 머리끝부터 발끝까지 일상이라는 이름의 현실에 빠진 채 안주하고 있었다.

그걸로 괜찮냐고?

괜찮고말고. 다른 사람에게 피해를 주는 것도 아니니까.

그렇잖아?

탐정은 이미, 죽었으니까.

【제1장】

◆ 미스터리의 도입부에서는 가슴을 등장시켜라

"네가 명탐정이야?"

방과 후. 해 질 녘의 교실에서 멱살을 잡힌 채 그런 질문을 들었다.

자다가 막 일어난 눈으로는 상대의 얼굴이 잘 보이지 않았다.

기억을 더듬어 보지만 귀에 익은 목소리도 아니었다.

나는 아무래도 모르는 여자에게 위협받고 있는 듯했다.

하지만 그 이유를 전혀 알 수 없었다.

아침 종이 친 뒤로 방과 후가 될 때까지 내내 책상에 엎드려 있던 나를 동급생을 내버려 두지 못하는 반장 타입의 여학생이 약간 난폭한 방법으로 깨워준 걸까.

아니, 아무리 그래도 같은 반이라면 목소리 정도는 들었을 것이다.

역시 나와 이 소녀는 난생 처음 보이는 사이다.

그러면 뭘까. 어째서 난 현재 진행형으로 멱살이 조여지고 있는 거지.

자다 깬 머리로는 추리도 제대로 되지 않았다.

뭐, 탐정도 아니니까 당연한가.

——탐정?

이 애는 방금 탐정이라고 말한 건가?

"가만히 있지 말고 대답해. 네가 소문의 명탐정—— 키미즈카 키미히코야?"

탐정—— 1년 만에 듣는 불쾌한 단어였다.

"사람 잘못 봤어. 그럼 이만."

"기다려."

"꾸엑."

인간이 내서는 안 될 듯한 소리가 자신의 성대에서 새어 나왔다.

대단히 믿기 힘든 일인데 내 입안에는 지금 손가락이 쑤셔박혀 있었다.

"내 질문을 무시할 생각이라면 가차 없이 네 목젖을 찌를 거야."

"그, 그런 불합리한……."

나는 이런 상황이 되어서야 겨우 소녀의 얼굴을 똑바로 보았다.

굳세어 보이는 날카로운 눈매에 기다란 속눈썹. 거기에 오뚝한 콧날과 야무진 입술.

한쪽으로 묶인 기다란 흑발에서 요즘 여고생이라는 인상을 받았다.

……그런데 이런 녀석이 우리 학교에 있었던가.

이 수준의 위험인물을 지금까지 파악 못 하고 있었다니 나도 무디어진 모양이었다.

"네가 키미즈카 키미히코 맞지?"

그렇게 몇 번이나 풀네임으로 불리니 낯간지러웠다. 나는 어쩔 수 없이 고개를 끄덕였다.

"입 밖에 내서 똑바로 대답해."

"……컥!"

소녀의 손가락이 목젖에 닿아서 위 밑바닥에서부터 시큼한 액체가 역류했다.

"으아, 저질. 처음 보는 여자애의 손가락을 이렇게 침 범벅으로 만들다니, 혹시 변태야?"

"누구 때문인데, 누구!" 하고 반박하고 싶었지만 소녀는 여전히 손가락을 내 입안에 쑤셔 넣은 채 왼손으로 교복의 넥타이를 쥐고 있었다. 신종 고문이나 다름없었다.

"크……흑……."

"어? 뭐야, 울어? 열여덟이나 먹은 남자가 여자애의 손가락을 침투성이로 만드는 데서 그치지 않고 울고불고 떼쓰며 다른 플레이를 요구하는 거야?"

인간의 존엄이 소리를 내며 무너져 내렸다. 자기 자신의 힘으로는 눈물과 침이 흐르는 걸 참을 수 없었다. 뭐지. 난 대체 뭔 벌을 받는 중인 거지…….

"아, 그렇구나. 껴안기고 싶었던 거치?"

얼굴이 가슴에 파묻혔다.

마시멜로 같은 부드러움과 향수의 달콤한 냄새에 머릿속이 녹아내릴 것만 같았다.

그리고 들려오는 심장 소리—— 뭘까, 어째서인지 몹시 그리운 기분이 들었다. 설마 나는 지금 동급생 여자애에게서 모성을 느끼고 있는 건가?

……아니, 그런 걸 느끼고 있으면 안 되지.

나는 쾌락과 번민의 틈새에서 악을 쓰며 억지로 구속을 풀어냈다.

"아쉽네, 좀 더 놀아줄 수도 있는데."

"……………하아…… 하아, 장난에 그렇게까지 몸을 내던지지 마. 모르는 남자에게 가슴을 빌려주지 말라고."

그렇게 말하자 소녀는 처음으로 옅은 웃음을 지으며.

"나츠나기(夏凪) 나기사."

지금의 계절에 어울리는 이름을 대면서 오른손을 내밀었다.

"……먼저 손부터 씻지그래."

◆조수와 의뢰인—— 탐정은 부재

"의뢰할 게 하나 있어."

몇 분 뒤. 화장실에서 돌아온 나츠나기가 내 앞자리에 앉아서 서로 마주 보는 모양새가 되었다.

"그보다 우선 나에게 할 말은?"

"내 손가락을 더럽힌 걸 사과해줬으면 해."

"내가 사과하는 거냐!?"

거듭되는 불합리함이었다. 이 세상의 모든 불합리함을 모아도 부족할 정도의 불합리함이었다.

"그치만 사람이 불쾌해할 행동을 하면 사과하는 게 당연하잖아?"

"그 말을 그대로 돌려주지!"

"마치 조금 전에 자신이 불쾌한 짓을 당했다는 듯한 그 말투는 뭐니."

그러니까 아까부터 그렇게 말했잖아!

이 여자는 대체 뭐지. 서로 처음 보는 사이면서 느닷없이 나와 만담이라도 하자는 건가.

"그럼 너는 남에게 그런 짓을 당해도 아무렇지 않다는 거야?"

"어? ……그, 그러게."

내가 그렇게 말하자 나츠나기는 갑자기 시선을 똑바로 하지 못하더니.

"확실히 그런 짓을 당하는 건 불쾌하지. 일반적으로는 그런가……."

"응? 왜 얼굴을 살짝 붉히는 거야? 일반적으로라니?"

이보세요, 사디스트 캐릭터가 한순간에 흔적도 없이 사라졌다만. 도리어 그 반대 의혹이 들기 시작했다만.

……일단 확인은 해둘까.

"사랑받는 것보다?"

"사랑해주고 싶어."

"속박하는 것보다도?"

"속박되고 싶어……."

"이번 달 빈곤한데."

"내가 줄게. 얼마 필요한데?"

"마조히스트였잖아……."

"뭐……!?"

충격적인 사실을 들었다는 것처럼 나츠나기가 다급하게 입을 움직였다.

처음 봤을 때의 캐릭터와 기세는 대체 뭐였냐고.

"아, 아니야! 그런 특이한 취향은 아니거든!? ……아니, 그보다 이야기를 탈선시키지 말아 줄래? 난 너에게 의뢰할 게 있어서 온 거니까!"

화가 났기 때문인지 수치스러웠기 때문인지, 아니면 해 질 녘의 햇살 때문인지. 나츠나기는 뺨을 살짝 붉게 물들인 채 책상을 크게 두드리며 일어섰다. 그렇군, 기본적으로는 어디까지나 기가 센 모양이었다.

그러고 나서 잠시 "후우, 후우." 하고 어깨를 크게 들썩이며 숨을 돌린 나츠나기는.

"사람을 찾고 있어."

지극히 진지한 시선으로 말했다.

그렇군, 사람을 찾고 있는 건가. 그래서 명탐정을 찾아온 거군.

"너, 키미즈카 키미히코…… 맞지?"

……대답할 때까지 놔줄 것 같지가 않은걸.

"맞아. 내 성은 태어나기 전부터 키미즈카고 이름은 태어난 그 날부터 키미히코야."

"명탐정인 거지?"

"유감이지만 할아버지가 명탐정인 것도 아니고 이상한 약을 먹고 어린애의 모습이 된 경험도 없어. 사람 잘못 본 거야."

"잘못 본 거라고?"

나츠나기의 눈썹이 실룩 움직였다.

"신문을 봤어."

"신문?"

그 말을 듣고 기억을 더듬어 보았지만…… 나츠나기가 무엇을 가리켜서 말하는 건지 알 수 없었다.

"사흘 전의 석간 말이야. 남고생이 날치기꾼을 붙잡았다고."

"아, 그거 말인가."

"그래, 그거——만으로 끝났다면 나도 이런 행동을 벌이지는 않아."

그렇게 말한 나츠나기는 들고 온 자신의 가방을 열고는 거꾸로 들어서 내용물을 바닥에 쏟아부었다.

"전부 너에 관한 기사야."

그건 스크랩한 대량의 신문 기사였다.

"……찾아본 거야?"

기사에 실려 있는 건 전부 내 이름과 얼굴 사진이었다. ……나는 정말로 나츠나기가 무엇을 가리켜서 신문을 봤다고 한 건지 알 수 없었다.

"어디 보자, 『보이스 피싱을 미연에 방지한 슈퍼 남고생!』, 『반려동물 찾기가 특기, 소년K가 오늘도 미아가 된 새끼고양이를 포획!』, 『인명구조의 스페셜리스트, 통학 중에 두 사람의 목숨을 구하다!』——이런데도 명탐정이 아니라고 하겠다면 넌 대체 정체가 뭐야?"

이게 지금의 내 일상이었다. 이제 와서는 완전히 익숙해져 버린 여전한 연루 체질.

직함이 반드시 명탐정일 필요는 없어 보이지만…… 뭐, 하고 싶은 말이 뭔지는 이해했다.

"호들갑은. 과대평가는 참아주라고."

내가 사건과 맞닥트려서 그걸 운 좋게 해결하고 있는 건 전적으로 내 체질 탓이다. 딱히 나에게 특별한 기술이 있는 건 아니었다.

예전에는 그 경험을 과신하고 있었던 적도 있지만 그런 건 개똥만큼도 도움이 되지 않는다는 걸 1년 전에 뼈저리게 깨달았다.

그래서 과대평가는 이제 사양하고 싶었다. 미안하지만 나는 탐정 역할을 감당해 내지 못한다. 지금의 나에게는 분명 현실에 안주한 삶이 어울릴 테니까.

"겸허하구나."

"그거 고맙군."

"칭찬하는 거 아닌데."

"칭찬이 아닌 거냐."

"자신의 역량을 올바르게 파악하지 못하는 인간을 어째서 칭찬해야 하는 건데?"

그렇군, 방금 그 말은 나츠나기 나름의 빈정거림이었던 모양이다.

"자기 자신도 헤아리지 못하는 역량을 타인이 판단하는 것도 이상하잖아."

"자기 자신은 본인이 가장 잘 안다는 거야? 그런 걸 오만하다고 해."

나츠나기는 자신의 가슴을 끌어안는 것처럼 팔짱을 끼며 흥, 하고 코웃음을 쳤다.

"주관은 이 세상에서 가장 믿을 수 없는 거야. 중요한 건 언제나 객관적인 사실이잖아."

"아니라고 생각해?" 하고 말한 나츠나기는 또다시 내 넥타이를 쥐고는 자기 쪽으로 끌어당겼다.

촉촉한 입술이 바로 앞에 있었다. 숨결이 달콤하고 따뜻했다.

루비처럼 붉은 눈동자가 내 미간을 똑바로 꿰뚫어 보고 있었다.

"네가 이뤄낸 건 분명한 사실이야. 그러니 그 공적을 어떻게 찬양하고 그 결과로 너를 어떻게 보든 그건 나 같은 타인의 자유 아니야?"

그 올곧고 거만한 시선은 지금은 이제 없는 누군가와 무척 닮아 보였다.

"……사람을 찾는다고 했던가."

이 거리는 이제 충분했다.

나는 나츠나기의 어깨를 손으로 밀며 마주 보고 섰다.

"그런데……?"

내가 생각해도 참 귀가 얇다 싶었다.

아니, 자신의 긍지를 위해 말해두겠지만 나는 딱히 나츠나기의 말에 납득한 것도 아니었고 논파 되었다고도 생각하지 않는다.

단지, 그 모습을 떠올리고 말아서는 별다른 도리가 없었다.

스스로 생각해도 조련이 참 잘 되었다 싶었다.

"탐정 일을 맡아주는 거야?"

불현듯 나츠나기의 얼굴이 놀란 기색이 되었다. 이렇게 보고 있으니 의외로 어린애처럼 감정 표현이 다양한 소녀인 모양이었다.

"아니, 탐정이 되지는 못해. 그렇지만——."

"그렇지만?"

"조수라도 괜찮다면 받아들이지."

그렇게 말하자 나츠나기는 "뭐야 그게." 하고 어이없다는 듯이 쓴웃음을 지었다.

미안하지만 4년 전부터 그게 내 포지션이거든.

"그래서? 누굴 찾는데."

사람을 찾는 것 정도라면 그렇게 시간이 많이 들지는 않을 거라고 생각하며 크게 기지개를 켜는 나에게 나츠나기는 진지한 얼굴로 이렇게 말했다.

"글쎄, 그걸 모르겠어. 내가 찾고 있는 사람을 찾아줬으면 해."

그렇군. 확실히 그건 주관이 이 세상에서 가장 믿을 수 없는 것이라고 단언한 나츠나기와 실로 잘 어울리는 고민인 듯했다.

◆ 얘, 이 심장은 누구 거야?

"그래서 이런 거야? 요컨대 너는 최근에 줄곧 누군가를 잊고 있는 듯한 기분이 들지만 그게 누구인지를 떠올리지 못하겠다고, 그렇게 말하고 싶은 거야?"

그 대화가 끝난 뒤의 귀갓길.

카페에 들린 우리는 커피를 홀짝이며 다시 한번 나츠나기의 의뢰 이야기를 나누고 있었다.

"맞아. 나에게는 꼭 만나서 이야기를 나눠야 하는 사람이 있는데…… 그게 대체 누구인지를 모르겠어. 나이도, 성별도, 어디에 사는 사람인지도, 전혀 짐작이 가지 않아…… 아, 맛있다."

나츠나기는 슬며시 미소 지으며 머그컵에 입을 대었다. 카페인을 섭취하는 것만으로도 그림이 되니까 부러웠다.

나로 말할 것 같으면 옛 파트너에게서 "네 얼굴은 지나치게 재미가 없어서 이틀을 안 보면 잊어버릴 것 같아." 라는 말을 몇 번이나 들었는지 알 수 없을 정도였다.

"……뭐야? 왜 그렇게 봐……?"

이윽고 내 시선을 깨달았는지 나츠나기는 살짝 의자를 당겼다. 나를 힐끗힐끗 훔쳐보면서 짧은 치맛자락을 손가락으로 만

지작거리고 있었다.

"……내가 봐줬으면 하는 거야?"

"……!"

쥘부채 같은 무언가로 있는 힘껏 머리를 얻어맞았다.

"……불합리한데."

"키미즈카가 아까부터 이상한 착각을 하니까 그렇잖아. ……그보다 아까부터 그 '불합리' 하고 말하는 건 말버릇이야?"

"불합리한 존재가 눈앞에 있으면 그런 말이 나오는 것뿐이야."

덕분에 1년 만에 해금되었다. 나도 이런 말을 쓰고 싶지는 않다고.

"그럼 본론으로 돌아가겠는데."

나도 커피를 한 번 입에 대고 나서.

"나츠나기가 찾고 있다는 정체불명의 인물——일단 X라고 부르지——그 X가 누군지 조금이라도 떠오르는 건 없어?"

"응, 어째서 자신이 그 X에게 집착하고 있는 건지도 모르겠어. 단지, 불현듯이 X와 만나고 싶어질 때가 있어."

누구인지도 모르는데.

나츠나기는 그렇게 말하고는 창밖을 바라보았다.

"그건 언제부터 그랬는데? 철들었을 무렵? 고등학교에 입학했을 무렵? 아니면……."

"1년 전."

대단히 명료한 말투였다.

나츠나기는 X의 성별도 국적도 연령도 모른다고 했지만 X의 존재가 신경 쓰이기 시작한 시기만큼은 확신하고 있는 듯했다.

　"1년 전에 무슨 일 있었어?"

　"죽을 뻔하다가 목숨을 건졌어—— 아니, 목숨을 받았어."

　구태여 고쳐서 말했다는 건 거기에 커다란 의미가 있다는 뜻이다.

　어떠한 사정으로 생명이 위태로워진 나츠나기가 단순히 목숨을 건졌다는 이야기가 아니었다. 그렇다면——.

　"교실에서 너에게 들려줬던 심장 소리는 내 심장의 소리가 아니야."

　"——심장 이식인가."

　나츠나기는 작게 고개를 끄덕였다.

　"어릴 적부터 심장 질환이 있었나 봐. 이식받을 수 있는 날을 기다리며 입퇴원을 반복해서…… 그래서 학교도 다니지 못했어."

　"그렇군, 어쩐지 처음 봤다 싶었어."

　"그렇지, 이런 귀여운 여자애를 못 보고 지나칠 리가 없으니까."

　"미안하지만 실은 어제부터 큼지막한 귀지가 박혀 있어서 아무것도 안 들려……잠깐아파아파아프다고! 새끼손가락 잡지 마, 쥐지 마, 탈골시키려고 하지 마!"

　"탈선하려고 하니까 그렇지."

　"억지 부리지 말라고!"

　사디스트 캐릭터까지 유지하지 마. 욕심부리지 마.

한숨을 내쉬는 나를 무시하며 나츠나기는 말을 이었다.

"그리고 1년 전에 마침내 적합한 기증자를 만나서 나는 심장 이식 수술을 받을 수 있게 되었어. X의 존재가 뇌리에 어른거리기 시작한 건 그 무렵부터야."

"그렇다는 말은 나츠나기는 벌써 1년이나 X를 찾고 있다는 거야?"

"그건 아니야. 심장을 이식받고 나서도 한동안은 안정을 취해야 해서 행동이 자유롭지 못했거든. 그치만 최근에 이르러 학교에 다닐 수 있게 되었고 너의…… 키미즈카의 기사를 읽은 거야."

그렇군. 시계열과 개요는 그럭저럭 보이기 시작했다. 아무래도 이 문제는 생각보다 빨리 해결할 수 있을 것 같았다.

"기억 전이."

내 말에 나츠나기는 살짝 고개를 갸웃거렸다.

아무래도 나츠나기에게는 생소한 단어로 인식된 모양이었다.

그럼 이렇게 말하면 이해가 빠르려나.

"나츠나기가 찾고 있는 X의 존재는—— 심장의 원주인이 만나고 싶어 하는 인물이야."

"……그럴 리가 없잖아."

"그렇게 생각한다면 어째서 넌 가장 먼저 심장 이식 이야기를 한 거야?"

내 추궁에 나츠나기가 입을 다물었다.

"넌 1년 전부터 X의 그림자를 느끼게 되었다고 했었고, 내가

1년 전에 무슨 일이 있었냐고 물으니까 심장 이식으로 살아났다는 이야기를 했어. 그건 요컨대 너도 X의 존재와 심장 이식 사이에 상관관계가 있다고 인정했다는 거지. 내 말이 틀려?"

"……키미즈카, 성격 안 좋구나."

나츠나기가 도끼눈을 하고 흘겨보았다. 아무래도 정답인 모양이었다.

"기억 전이라는 현상은 과학적으론 입증되지는 않았지만 여러 체험담이 케이스로 있어. 1988년, 클레어 실비아라는 유대인 여성이 미국에서 심장 이식 수술을 받았는데, 그 며칠 뒤부터 식생활에 큰 변화가 있었다고 해. 안 좋아하던 피망을 좋아하게 되고, 발레 무용수라는 직업상 줄곧 피해오던 패스트푸드도 즐겨 먹게 되었지. 훗날 심장 기증자의 가족에게 이야기를 들어보니 기증자였던 남성이 좋아하던 음식과 일치했다나 봐."

"그런 건 우연이잖아."

"그뿐만이 아냐. 클레어는 꿈속에서 심장 기증자의 이름을 보았는데 실제로 기증자의 가족에게 확인해 보니 그것도 완벽하게 적중했어. 그 밖에도 이러한 사례가 몇 가지나 있는데…… 더 듣고 싶어?"

"……키미즈카, 성격 안 좋구나."

어떻게 생각하든 납득해줬다면 그걸로 충분했다.

"그럼 뭐야. 내가 X와 만나고 싶어 하는 게 아니라 이 심장이 X와 만나고 싶어 한다는 거야?"

"그럴 거야. 그러니 X의 정체는 분명 기증자의 생전 가족, 연인, 친구…… 그중의 누군가겠지."

"그래……?"

나츠나기는 왼쪽 가슴에 가만히 손을 얹으며 입술을 살짝 깨물었다.

"뭐, 잘됐네. 이걸로 이 문제는 끝이야."

여기까지 협력해줬으니 커피값 정도는 보수로 받아도 되겠지.

그렇게 생각해서 계산서를 둔 채 일어섰지만──.

"어디 가는 건데."

나츠나기의 찌르는 듯한 눈이 나에게 향해졌다.

"여기서 돌아가겠다고 하면 두 번 죽여줄 테니까."

"오리지널 협박 문구가 섬뜩하다만."

그 살기에 기가 죽은 나는 할 수 없이 자리로 돌아갔다.

"더 할 이야기는 없다고 생각했는데."

"가슴에 손을 얹고 쓸쓸히 입술을 깨물고 있는 여자애를 보고 어째서 그런 결론이 나오는 거야?"

"아니, 에필로그의 감상에 젖어있는 건가 해서."

"사람다운 감정에 결함이 있구나."

사람다운 감정? 그런 건 1년 전에 어디 뒷골목에 버리고 왔거든.

"그렇지만 말이야, 나츠나기. 조금 전에도 말했다시피 X와 만나고 싶어 하는 건 네가 아니라 그 심장의 원주인이야. 단순한 생전의 기억이지. 너와는 상관없는 이야기잖아."

"아니야!"

나츠나기는 테이블을 두드리며 일어섰다.

"아니야, 이건 단순한 기억이 아니라—— 미련이야. 육체가 죽어도, 심장을 나에게 물려주면서까지 만나고 싶어 하는 거야. 나는 이 심장으로 목숨을 받았어. 그러니 적어도 은혜를 갚고 싶어. 이 심장을 X와 만나게 해주고 싶어."

어조가 조금 전과는 달랐다.

감정으로, 본심으로 말하고 있다는 증거였다.

"자기만족이야."

"맞아, 자기만족이야. 이 심장은 내 거야. 그러니 내가 만나고 싶은 거야."

"조금 전에 했던 말과 모순되는데."

"……시끄러워. 아무튼 도와 달란 말이야."

물수건이 날아왔다.

얼굴에 찰싹 달라붙었다.

아직 축축해서 대단히 찝찝했다.

"보수는 주는 거지?"

젖은 물수건을 얼굴에서 떼어내자 언짢아 보이는 나츠나기와 시선이 마주쳤다.

"그거라면 선불로 가슴을 만지게 해줬잖아."

"강매냐고."

"그걸로 납득하지 못하겠다면 키미즈카의 성벽을 전교생에게 폭로할 거야."

"그러니까 그 말을 그대로 돌려주겠다니까."

"윽…… 키미즈카, 난 역시 그런 걸까……?"

"세상에서 제일 듣고 싶지 않은 인생 상담이군……."

그런 실없는 이야기는 일단 제쳐 두고.

"……뭐, 일을 맡겠다고 해 버렸으니까 말이지."

이것도 일단 받아들인 일이었다. 없던 일로 할 수도 없나.

──의뢰인의 이익은 무슨 일이 있어도 지켜야 한다.

그 녀석에게 귀에 딱지가 앉도록 들은 말이었다.

"그럼 내일. 오후 두 시에 역 앞에서 만나는 걸로."

"어? 내일?"

"그래, 오늘은 이미 늦었으니까."

이번에야말로 돌아가기 위해서 나는 할 수 없이 계산서를 들고 일어섰다.

"X와 만나고 싶은 거잖아."

◆ 물론 데이트 같은 건 아니고

"기다렸지?"

휴일의 역 앞.

기둥의 그림자 아래서 손목시계를 보고 있던 내 등을 무언가가 톡, 하고 두드렸다.

돌아보자 사복 차림의 나츠나기가 작은 핸드백을 대롱대롱 흔

들고 있었다.

민소매 상의는 하얀 쇄골을 아낌없이 드러내고 있었고, 데님 숏팬츠에서는 날씬하고 기다란 다리가 뻗어 나와 있었다. 나츠나기의 이름에 딱 어울리는 코디였다.

"여자친구도 아닌 동급생 여자를 엉큼한 눈으로 보지 말아줬으면 하는데."

"남자친구도 아닌 동급생 남자에게 가슴을 밀어대던 녀석이 할 소리야?"

"좋아했으면서."

"…………."

이런, 부정 못 하겠는데.

"그런 것보다도 15분 늦었다고. 약속 시각은 지키지?"

부정 못 하겠으므로 이야기를 돌리기로 했다.

"여자애는 뭐든지 준비하는 데 시간이 걸리는 법이야."

그렇게 말하며 삐죽 내민 나츠나기의 입술에는 산뜻하게 립스틱이 발라져 있었다.

확실히 어제보다 30퍼센트는 더 어른스럽게 보였다.

"그래? 그거 미안하네."

"순순히 납득하네?"

"뭐, 나도 미인이 옆에 있으면 기쁘니까."

"……흠. 나쁜 기분은 안 드네."

나츠나기는 그렇게 중얼거리며 10센티미터 아래에서 내 얼굴을 올려다보았다.

"……뭐야."

"딱히?"

"뭐냐고!"

"딱히 아무것도 아니야~."

아니, 진짜로 뭐냐고…….

나는 쓸데없이 앞가슴이 돋보이는 구도가 된 나츠나기를 내려다보았다.

"…………너무 뚫어지게 보는 거 아니야?"

공수역전. 나츠나기가 나를 흘겨보며 팔로 몸을 감쌌다.

"아니, 가슴이 아니라 그걸 좀. 쇄골을 관찰하고 있었을 뿐인데."

"소름! 가슴 봤다고 하는 편이 차라리 낫잖아!"

"나츠나기, 나이치고는 좋은 쇄골을 가지고 있는걸."

"쇄골과 연령의 인과관계 같은 건 모르거든! 뭘 쇄골 평론가 같은 소릴 하는 거야!? ……아니, 쇄골 평론가는 또 뭐고!"

"……음, 우리 전에도 비슷한 대화를 하지 않았던가?"

"이런 대화가 여러 번 있었다니 지옥이잖아."

얼마 되지도 않는 시간 동안 핼쑥해진 나츠나기가 머리를 부여잡았다.

"……그보다 나 어느 사이엔가 태클 거는 역할을 떠맡게 되지 않았나?"

"가끔은 역할을 교대해 봐야지."

사실은 나도 그 포지션 하고 싶지 않다고.

"그럼 슬슬 출발하자."

나는 나츠나기의 어깨를 툭 치며 앞서갔다.

"어디 가는데? 그렇게 알몸으로 다니면 체포될 거야."

"경쟁심으로 일일이 무리수 두지 말라고. 그런 서술 트릭은 쓴 적 없으니까."

……그나저나 감이 좋은걸.

나츠나기의 농담은 우연히 핵심에 근접해 있었다.

그로부터 십 분 정도 걸어가자 목적지가 보이기 시작했다.

"저기, 키미즈카. 설마라고는 생각하는데 우리가 가고 있는 곳이 저기야?"

"우리는 사람을 찾고 있으니까 그렇게 이상한 것도 아니잖아?"

그러나 나츠나기는 납득이 안 되는지 얼굴을 찡그렸다.

"저기에 가서 X가 있는 곳을 찾아봐달라고 할 생각이야?"

"아니, 지금은 그 앞 단계야. 장수를 쏘고 싶으면 우선 말부터 쏴 맞춰야지."

"장수가 X…… 그렇다면 말은…… 심장?"

"맞아. 우선은 네 목숨을 구한 기증자부터 알아보는 거야."

나츠나기가 찾고 있는 인물X는 심장의 원주인과 가까운 사이였을 것이다.

그렇다면 그 기증자가 누구인지를 알아내는 것이 우선이었다.

"그런 이유라면 병원에 가 봐야 하는 거 아니야?"

"그러고는 싶지만 공교롭게도 의료 관계자 중에는 아는 사람이 없어서 말이지."

"……이곳에는 아는 사람이 있다는 말이 되는데?"

"뭐, 그렇게 긴장하지 말라고. 들어가자."

그렇게 우리는 마천루처럼 드높게 솟아 있는 *경시청 안으로 들어갔다.

◆ 그 머리를 날려 버리겠다

"오랜만이군, 망할 꼬마. 이제야 자수할 마음이 생겼나?"

기다리던 방에 이어서 들어온 그 인물은 나와 나츠나기의 앞에 있는 소파에 소리를 내며 털썩 앉고는 기다란 다리를 아무렇게나 내던졌다.

"후우비 씨, 여성이 그렇게 다리를 벌리고 앉아도 괜찮은 겁니까."

"시끄럽거든. 이곳에서 살아가는 데 성별 같은 건 아무래도 좋다고."

그렇게 말하며 이번에는 시가에 불을 붙였다.

화사하다고도, 화려하다고도 할 수 있는 용모에 아무렇게나 걸쳐 입은 제복.

헤어스타일은 불타오르는 듯한 붉은 머리카락을 대충 포니테일로 묶고 있었다.

그 모습을 처음 본 사람은 설마 그녀가 경찰관이라고는 생각

---

*경시청(警視廳) : 일본의 도쿄도 행정구역을 관할하는 경찰 조직. 정부 행정기관인 경찰청과는 다르다.

하지 못할 것이다.

카세 후우비—— 계급은 경위.

5, 6년 전에 처음 만났을 무렵에는 아직 순경이었던 것을 생각하면 20대 후반(아마)의 나이로 착실히 출세가도를 달리고 있는 듯했다.

"그래서 이번에는 무슨 짓을 저질렀는데. 도둑질? 살인?"

"아무것도 안 했거든요. 오히려 최근에 또 절도범을 붙잡아서 표창까지 받았을 정도인데요."

"이 도시에서 일어나는 범죄의 첫 번째 발견자가 7할은 너라고. 전부 네가 꾸민 짓 아닌가 하고 의심하는 것도 어쩔 수 없다고 생각하는데?"

"그런 체질이라고요."

후우비 씨와 나의 인연은 그녀가 경찰관이 되어서 현장에 나간 것과 동시에 시작되었다.

그녀에게는 하루가 멀다고 살인 현장에서 마주치는 수상쩍은 초등학생으로 보였을 것이다.

어떻게든 오해를 풀고 싶었지만 후우비 씨는 아직도 나를 의심하고 있는 모양이었다.

"그런 체질이란 말이지…… 그 힘으로 진짜 탐정도 불러들였다는 거냐."

"……글쎄요. 어느 쪽이냐고 한다면 그 녀석이 나를 불러들이고는 실컷 휘두른 끝에 혼자서 먼 곳으로 떠났다는 인상이지만요."

그래, 먼 곳이다.

그곳은 분명 지도에도 실려 있지 않은 멀고 먼——.

"하, 그것도 그런가."

후우비 씨는 눈을 가늘게 좁히며 허스키한 목소리로 웃었다.

"그래서 넌? 지금은 혼자서 움직이고 있는 거냐."

"……아뇨, 혼자서는 별수 없으니까요. 거기에 그 녀석들도 나 따위는 안중에도 없는 모양이라 겁이 날 정도로 평화로워요."

"거 박정한 녀석이구만. 죽은 사람은 말이 없다는 거냐."

그렇게까지 말할 생각은 없었다. 귀신이 되어서 튀어나올 것 같았으니까.

"아얏."

그때 발에 따끔한 통증이 일었다.

발치를 보자 나츠나기의 운동화가 내 발을 밟아 누르고 있었다.

"왜 그러는데."

"어? ……어…… 그냥? 그보다 방치하지 말지?"

아무 이유도 없이 폭력을 행사하지 말라고. 참 나.

"저기, 그래서 후우비 씨. 본론으로 들어가겠는데, 이 애의 일로 상담이."

"여자친구?"

"아니거든요."

후우비 씨는 내 옆에 앉아 있는 나츠나기에게 시선을 보냈다.

"처음 뵙겠습니다. 나츠나기 나기사라고 합니다. 키미즈카

군의 소개로 왔습니다."

키미즈카 군…… 신선한 울림이로군.

그보다 나츠나기도 다른 사람 앞에서는 예의 바르게 행동할 수 있구나.

"상담에 소개란 말이지. 뭐, 좋아. 말해 봐."

짧게 하라고. 그렇게 덧붙인 후우비 씨는 두 개비째 시가에 불을 붙였다.

그로부터 몇 분 뒤.

"그렇구만."

이야기를 끝내자 후우비 씨는 마지막으로 긴 연기를 내뿜으며 재떨이에 꽁초를 눌러 껐다.

"이야기는 이해했다만…… 그런데 왜 여기로 온 거지?"

원래부터 날카로운 눈을 더욱 가늘게 좁히며 우리를 번뜩 노려본다.

"심장을 제공해 준 인물을 찾아달라니…… 우리는 의사가 아니라고."

"사람을 찾는 건 어느 쪽이냐고 한다면 경찰이 하는 일이잖아요."

"기증자를 찾는 건 전문 밖이야."

후우비 씨는 노골적으로 언짢은 표정을 지으며 크게 다리를 꼬았다.

"그것 봐, 역시 잘못 찾아왔잖아."

나츠나기가 속삭이며 팔꿈치로 찔렀다. 뭐, 기다려 보라고.

　"경찰 조직도 그러한 안건과 전혀 관계가 없는 건 아니잖아요. 오히려 경찰이 없으면 장기 기증자가 될 수 있는 환자의 뇌사 판정도 내리지 못하니까요."

　뇌사 판정이 되는 사안은 전부 경찰청 형사국 조사 1과에 보고하는 것이 법으로 정해져 있었다. 검시 등에 관한 것도 전부 각 관할 경찰서장의 관리, 감독 아래에서 시행되게끔 되어 있을 터였다. 그러므로 경찰을 찾아온 건 크게 틀린 행동은 아니었다. 거기에──.

　"저는 경찰서를 찾아온 게 아니라 당신을 만나러 온 거예요."

　누구라도 괜찮은 건 아니었다. 다른 누구도 아닌 후우비 씨니까 부탁할 수 있는 일이었다.

　"나를 만나러 오면 뭐 어떻게 된다는 건데."

　"후우비 씨는 평범한 경찰과는 다르니까요."

　"다르다고? 뭐가."

　"각오가."

　혹은 목적이.

　이 사람은 흔히 있는 돈과 권력에 눈이 먼 경찰관과는 달랐다. 그래서 미안한 말이지만 그녀에게 상식은 어울리지 않았다.

　"기증자의 개인 정보를 일반인에게 공개할 수 있을 리가 없잖아."

　"알고 있어요."

　"거기에 난 관할 소속이 달라서 지금 위치에서는 정보를 공개

할 수 있는 권한도 없어."

"그것도 알고 있어요."

"그런데 어째서 날 만나러 온 거냐고."

"그래도 후우비 씨라면 어떻게든 해줄 거라고 생각했거든요."

"……무슨 말 같지도 않은 소리를."

후우비 씨는 거북하다는 듯이 붉은 머리칼을 흐트러뜨렸다.

"내 말 잘 들어. 너도 알고 있다시피 나는 위로 올라가고 싶다고. 그러니 발목이 잡힐 만한 위험한 다리는 건너고 싶지 않아."

"하하, 이제 와서 그런 상식적인 말을 다 하시네요."

"그 머리 날려 버린다?"

권총이 이마에 겨눠졌다.

"……아니, 바로 지금 위험한 다리를 건너고 있다고 생각하는데요."

보라고. 저 나츠나기마저도 표정이 굳어있잖아.

"뭐, 그런 거니까. 그쪽 아가씨에게는 미안하지만 돌아가 줘."

권총을 허리춤으로 되돌리며 후우비 씨는 쭉 기지개를 켰다.

"그냥 돌아가라니요…… 부탁드릴게요. 저는 어떻게든…….."

"머리를 숙여도 안 되는 건 안 돼."

그렇게 말한 후우비 씨는 어깨를 풀며 일어섰다.

"거기에 난 바쁘다고. 이 뒤에도 별장에 들러야 하는 예정이 있어서 말이지."

별장? ……아, 그런 건가.

나츠나기는 어리둥절한 표정을 짓고 있었지만 설명은 나중 일이었다.

"누구 만나러 가시는 건가요?"

문고리를 잡은 후우비 씨가 멈춰섰다.

"너도 잘 아는 녀석이야. 뭐, 그러니까 너희가 나를 멋대로 쫓아오고 싶다면 마음대로 해."

역시 빙고인가. 참 솔직하지 못한 사람이라니까.

"일단 물어보는 건데, 그 사람 귀는 좋은 편인가요?"

그러자 후우비 씨는 돌아보며 이렇게 대답했다.

"그래—— 한 번 들은 심장 소리를 까먹지 않을 정도로는 말이지."

◆아니요, 그건 음어(淫語)가 아니라 은어(隱語)입니다

차로 15분—— 경찰서에서 별장으로 장소를 옮긴 우리는 후우비 씨를 따라서 엄중한 시큐리티를 지나 지하 깊숙이 내려갔다.

계단을 계속해서 내려갔고…… 그에 따라 조명의 숫자는 줄어들었고 발소리는 더욱 크게 울려 퍼졌다.

"면회시간은 내가 위에서 일을 끝낼 때까지인 20분 동안뿐이야. 지킬 수 있겠지?"

앞에서 걸어가는 후우비 씨가 어깨너머로 말했다.

"물론이죠."

멋대로 따라오고 싶다면 마음대로 하라고 매몰차게 말해놓고

선 착실히 안내까지 해주는 게 솔직하지 못한 정도가 아니라 그냥 호인이나 다름없었다. 이곳까지 순찰차에 태워서 데려와 주기까지 했으니까 말이지.

"후우비 씨는 안 보고 가셔도 되나요?"

"흥, 어차피 내가 무슨 말을 해도 입을 열지는 않을 테니까. 시간 낭비야."

"후우비 씨도 애먹으시다니 상당하네요."

"뭘 남 일처럼 말하는 거야. 네가 데리고 왔으면서."

"전 모르거든요. 지금은 없는 명탐정에게 말해 주시죠."

파트너를 면죄부로 삼지 말라며 후우비 씨가 가볍게 머리를 쿡 찔렀다.

"자, 도착했어."

그렇게 도착한 층은 어두운 건물 안에서도 더욱 침체된 공기가 무겁게 깔린 곳이었다. 케케묵은 냄새가 코를 찌르는 듯했다.

"알겠지, 20분이야. 그 이상은 안 돼. 그쪽 아가씨도 알겠지?"

마지막으로 당부한 후우비 씨는 가볍게 손을 들며 방금 왔던 계단을 다시 올라갔다.

그렇게 그 자리에 남은 건 나와.

"……저기, 키미즈카. 이제 와서 묻는 건데, 우리 별장에 가는 거 아니었어?"

나츠나기는 어딘가 침착하지 못한 기색으로 주위를 둘러보았다.

"맞아, 그러니까 여기가 별장이야."

"어디가!"

어디……라고 물어보면 뭐.

"교도소다만."

"그러니까 왜 교도소인 건데."

사정없이 귀를 잡아당기는 나츠나기. 본성을 숨기는 건 다른 사람 앞에서뿐인가.

"통나무집 같은 분위기의 건물을 상상하며 와봤더니 사방팔방이 철근 콘크리트잖아. 주위 전체가 쇠창살이잖아."

"교도소니까."

"별장은 어디 간 건데, 별장은."

"은어(隱語)야, 은어."

"으, 음어(淫語 : 외설적인 말)?"

"……그게 왜 나와."

왜 살짝 흥분한 기색이냐고. 완전히 그쪽 맞잖아.

"교도소의 은어로 별장이라고 할 때가 있어. 상식이라고."

"그런 상식이 어딨어."

"중학생 시절부터 내용물을 알 수 없는 007가방을 들고 해외로 날아가는 게 일상이었던 타입의 사람에겐 상식이지."

"으아, 절대로 알고 지내기 싫은 타입인데."

지금 네 옆에 있다고, 옆에.

"그래서? 우리는 대체 왜 여기 온 건데?"

나츠나기는 이 장소에 그럭저럭 익숙해졌는지 두리번거리며 쇠창살 안을 들여다보려고 했다.

"그쪽 아니야. 우리의 목적지는 가장 끝쪽에 있어."

나는 나츠나기를 데리고 걸었다.

"누가 있는데?"

"아저씨."

"진지하게 대답하지?"

"인간이길 그만둔 아저씨."

"그야 이런 곳에 있을 정도니까 인간이길 그만둔 거나 다름없 겠지만……."

"아니, 그런 게 아니고."

이건 지극히 진지한 답변으로 뒤집을 수 없는 사실이었다.

"지금부터 만날 남자는 진짜로 인간이 아니야."

그러므로 만약 나의, 우리의—— 이 일상과 그렇지 않은 부분 까지 포함한 모든 것이 가령 하나의 이야기라 치고, 그걸 본격 미스터리로써 기대하고 있을 사람이 있다면 지금 사과해두고 싶다. 이건 분명 그런 사람들이 즐길 만한 이야기가 되지는 않 을 테니까.

"키미즈카, 이 남자가……."

이윽고 나츠나기가 내 소매를 살짝 쥐었다.

지하의 가장 깊숙한 곳에 있는 완전히 밀폐된 강철의 방. 정면 에 달린 유일한 작은 유리판을 통해 안을 들여다보니 한 남자가 사슬에 팔이 묶인 채 앉아 있는 모습이 보였다.

그로부터 잠시 시간을 두고 기기긱, 하는 둔중한 소리를 내며 셔터 문이 옆으로 열렸다.

"오랜만이야. ──《박쥐》."

내 목소리에 반응해서 몸을 움직이는 남자. 덥수룩하게 자란 수염에 헝클어진 금발의 남자는 이윽고 이쪽을 향해 느릿느릿 고개를 들었다.

"반가운 얼굴인걸── 명탐정."

◆ 심장, 박쥐── 인조인간

나는 감옥 안에 있는 이 남자를 알고 있었다.

이름은 통칭 박쥐. 될 수 있으면 두 번 다시 만나고 싶지 않은 상대였다.

하지만 후우비 씨가 은연중에 말했다시피 이 녀석이라면 나 츠나기가 가진 문제를 해결할 수 있을지도 모른다. 일이니 하는 수 없다고 생각한 나는 박쥐를 마주 보았다.

"안됐지만 난 명탐정이 아니야."

미안하지만 이 자리에 있는 건 조수와 의뢰인뿐이다.

"음? ……아, 넌 그렇군. 왓슨인가."

제대로 초점이 잡히지 않는 시선으로 나를 힐끗 올려다본 박쥐는 입꼬리를 살짝 들어 올렸다.

"여전히 일본어가 유창하네."

"하하. 나 같은 녀석에게는 필수 스킬이지. 거기에 벌써 몇 년이나 여기서 살았더니 모국어 쪽을 잊어버렸어."

이 녀석은 북유럽 출신이었던가. 그러나 자랑하는 에메랄드 색 눈동자는 지금은 몹시 탁해져 있었다.

"그 눈 보여?"

"아니, 이젠 기능하지 않아. 뭐, 눈 같은 건 있든 없든 딱히 어느 쪽이라도 상관없다만."

"대단한 가치관이시군."

"죽은 생선 같은 눈을 한 왓슨과 마찬가지지."

"거 금세기 최대의 나쁜 뉴스군. 그리고 그 호칭도 될 수 있으면 관둬줬으면 하는데."

"하하. 뭐야, 조수 놀이는 폐업했나?"

……뭐, 그럴 생각이었는데 말이지.

"박쥐, 오늘은 댁에게 할 이야기가 있어서 왔어."

"흠, 그야 그렇겠지. 특별한 사정도 없이 너희가 이런 곳까지 나를 만나러 올 리가 없으니까."

너희라……. 확실히 이 녀석과 처음 만났을 때는 우리였다.

그렇지만 그것도 지난 이야기였다.

"좋아, 말해 봐. 이곳 생활은 따분하거든. 심심풀이로 딱 좋겠지."

박쥐는 왠지 들떠 보이는 목소리로 이야기를 재촉했다.

"그래? 그럼 소개하지. 옆에 있는 애는 나츠나기 나기사, 동급생이야."

"나츠나기, 나기사?"

그러자 박쥐는 고개를 살짝 움직여서 혼탁한 안구로 나츠나기를 보았다.

　"……처음 뵙겠습니다. 나츠나기라고 합니다."

　나츠나기는 잠시 쩔쩔맸지만 곧 평소의 의연한 표정을 되찾고는 눈앞의 죄수를 마주 보았다.

　"오늘은 제 심장에 대해서 상담 드리고 싶어 왔습니다."

　그로부터 몇 분 뒤.

　"그렇군, 그런 이야기였나. 어쩐지."

　나츠나기가 지금 자신이 직면해 있는 문제 이야기를 끝내자 박쥐는 목에서 소리를 냈다.

　"요컨대 그 심장의 원주인으로 짐작되는 사람이 없냐고 나에게 물어보러 왔다는 거군."

　"예, 그래요. ……그렇긴 한데."

　그렇게 말한 나츠나기는 내 귓가에 입을 가까이하고는.

　"정말로 이 사람이 그런 걸 알 수 있어?"

　그렇군, 그러고 보니 나츠나기에게 그 부분을 아직 이야기하지 않았었다.

　"아, 이 남자는……."

　"이거 참, 의심이 많은 아가씨인걸."

　"이런, 들렸나 보네." 하고 나츠나기는 민망한 표정으로 고개를 돌렸다.

　그야 그렇겠지. 그도 그럴 게 이 남자는——.

"하하. 이 정도의 거리에서는 귀를 기울이지 않아도 들리거든. 그게 내가 마음만 먹으면 백 킬로미터 떨어진 사람이 이야기하는 소리도 들을 수 있으니까."

그것이 《박쥐》라는 코드네임의 유래였다.

이 녀석은 인간이 아니었다.

예전 파트너가 죽기 직전까지 싸웠던——《인조인간》 중 하나였다.

"뭐, 그 대가인지 시력을 잃고 말았지만. 거기에 자랑하는 귀도 이곳에서는 쓸모가 없어. 이 우리는 문이 닫히면 주위의 소리를 완벽하게 차단하거든. 살아 있는 시체란 이런 걸 말하던가? 하하!"

박쥐는 그런 시시한 농담으로 자기 자신을 비웃었다.

"하지만 지금 이렇게 귀를 쓸 수 있는 상태라면 아가씨의 심장소리를 분간하는 정도는 나에겐 간단한 일이야."

"그런 말도 안 되는……."

"말이 될 때가 있단 말이지, 이 세상에는."

세상은 넓으니까, 하고 박쥐는 나츠나기에게 웃어 보였다.

설명을 해주곤 있지만 설명이 되지 않았다. 상대를 아리송하게 만드는 그 방식도 여전했다.

후우비 씨가 면회시간을 입이 닳도록 지정한 것도 분명 그런 이유였다.

"……가령 당신의 이야기를 믿는다 치고, 제 심장 소리를 듣고 어떻게 하실 거죠?"

나츠나기는 경계하면서도 박쥐에게 이야기를 재촉했다.

"내 데이터베이스에 있는 지난 수십 년 동안 만나왔던 인간들의 모든 심장 소리와 대조해서 일치하는 소리가 있는가 확인해 보는 거지."

"그런 막무가내 같은 방법으로…… 애초에 그렇게 형편 좋게 지금까지 당신과 심장의 원주인이 우연히 만났을 확률은……."

"아니야, 나츠나기. 그 점에서는 어느 정도 기대할 수 있을지도 몰라."

"키미즈카? 그게 무슨 말이야?"

그도 그럴 게 이 녀석의 경력은 평범하지 않았다.

명령에 따라 전 세계를 날아다니던 《인조인간》이었다.

이 녀석이라면 어쩌면 나츠나기가 이식받은 심장의 원주인과도 만났을지도 모른다. 그리고 그 비정상적인 청각을 지닌 인공의 귀로 심장 소리마저 분간한다. 그런 게 가능한 녀석이었다.

"나츠나기에게 딱히 숨긴 건 아닌데, 나는 이 남자를 잘 알아. 처음 만난 건 4년 전—— 상공 1만 미터의 구름 위였지."

그게 그 날이었다.

내가 그 명탐정과 만난 날.

이 남자도 그 비행기에 타고 있었다.

"하하, 벌써 4년이나 지났나. 그리운걸…… 그렇지, 잠시 옛날이야기라도 하지 않겠나?"

박쥐의 탁한 눈동자에 희미한 빛이 담겼다.

"미안하지만 그럴 시간은 없어. 후우비 씨가 면회시간을 지정

했거든."

"아, 그 큰 엉덩이만큼 거만한 여자 말인가. 뭐, 어때. 뭣하면 나중에 우리의 정보를 조금은 말해 줄 수도 있어. 그러면 기분도 풀리겠지."

"박쥐, 뭘 꾸미고 있는 거지?"

부탁하러 온 사람이 할 소리는 아니지만 아무리 그래도 지나치게 협력적이라는 느낌이 들었다. 설령 농담을 주고받는 사이더라도 나와 박쥐는 결코 동료 같은 게 아니었으니까.

"그런 거 없어. 그저 오래간만에 손님이 찾아와서 기분이 조금 좋은 것뿐이야."

그 이유 같지도 않은 이유는 뭐냐.

……하지만 여기서 이 남자의 기분을 상하게 하면 모처럼 찾은 실마리를 놓치게 될지도 모른다.

"나츠나기, 미안하지만 조금 길어질 것 같아."

이렇게 된 이상은 어쩔 수 없나.

나는 4년 전, 그 날의 일을 떠올리기 시작했다.

◆승객 여러분 중에 탐정님은 안 계십니까?

"이렇게 날이 좋은데 나는 뭘 하는 거지."

사실 날씨는 그다지 상관없었지만…… 상공 1만 미터, 창밖의 구름을 바라보며 중학교 2학년생인 나는 그저 자기 자신의 운명을 저주하고 있었다.

고민의 원인은 좌석 위의 짐칸에 잠들어 있었다.

하지만 검은 옷의 남자들이 부탁하는 걸 거절하면 어떻게 될지 알 수 없었으니까.

이런 상황을 불행이라 부르지 않으면 뭐라 부르리.

그렇게 자신의 운명을 한탄하고 있을 때―― 그 말이 들려왔다.

"승객 여러분 중에 탐정님은 안 계십니까?"

처음에는 잘못 들었다고 생각했다.

그렇지만 두 번째 들려왔을 때는 현실을 받아들였다.

이 비행기 안에서 탐정이 필요한 어떠한 사태가 발생한 것이라고.

하지만 정직히 말하자면―― 이런 식의 어처구니없는 트러블은 지금까지도 몇 번이나 맞닥트린 적이 있었다. 괜히 연루 체질을 자처하는 게 아니었다.

그러므로 이러니저러니 해도 이번 일도 그냥저냥 넘길 수 있을 거라고.

눈을 감고 있으면 어느 사이엔가 태풍은 지나갈 거라고.

그런 물러터진 생각을 한 게 아니냐고 물어본다면 나는 고개를 끄덕일 수밖에 없었다.

하지만 이번 일이 평소와 달랐던 점은.

나도 모르게 눈을 뜨고 말았던 이유는.

뭐니 뭐니 해도 옆자리에 그녀가 앉아 있었기 때문이겠지.

"예, 제가 탐정이에요."

그것이 나, 키미즈카 키미히코와──── 그녀, 시에스타의 만남
이었다.

일본인과는 동떨어진 머리카락과 눈동자 색. 유리세공처럼
정밀하게 다듬어진 얼굴의 파츠. 그리고 몸에 걸치고 있는 어딘
가 군복을 연상케 하는 특이한 디자인의 원피스가 더해지며 그
야말로 비현실적인 아름다움을 체현하고 있었다.

이런 기적과도 같은 소녀가 옆자리에 있었는데 여태까지 그
존재를 깨닫지도 못하고 있었던 자기 자신을 부끄럽게 여기며
──── 처해 있는 상황도 새까맣게 잊고 나는 그녀에게 말을 걸었
다.

"너 이름이……."

하지만 그건 내가 생각했던 운명적인 만남이 아니었다.

"마침 잘됐어. 너, 내 조수가 되어 줘."

"뭐?"

말이 끝나기도 전에 소녀는 내 손을 붙잡고는 좌석에서 일어
섰다.

"이쪽입니다!"

"바로 가죠."

승무원의 뒤를 따라 총총히 걸어가는 소녀……에게 손이 잡힌 채 따라가는 나. 멍하니 입을 벌린 승객들의 시선을 받으며 기묘한 행진이 이어졌다.

뭐냐, 이건. 뭐가 벌어지고 있는 거지?

……아, 그렇군. 탐정인가.

소녀의 존재감에 묻혀서 잊을 뻔했다. 지금 이 기내에서는 탐정이 필요한 어떠한 사태가 발생해 있었다. 그리고 그녀는 나를…… 조수라고 한 건가?

손을 잡아끄는 이 미소녀가 탐정이고 내가 그녀의 조수. 천성적인 연루 체질로 태어나서 십몇 년 동안을 온갖 트러블 속에서 살아왔던 나도 따라가는 게 고작인 전개였다.

그러나 그런 내 당혹감은 아랑곳하지 않고 소녀는.

"시에스타."

돌아보지도 않고 그런 한 마디를 말했다.

"그게 내 이름이야."

"……별난 이름이네."

겨우겨우 그 말만을 쥐어 짜냈다.

"코드네임이야."

"코드네임?"

"있잖아, 보통."

"없거든, 보통."

보통은 없지?

"그러면 네 이름은?"

"키미즈카 키미히코."

"그래? 그러면 '너(키미)'라고 부를게."

"······별명이야? 아니면 그냥 이인칭?"

그렇게 물어보자 시에스타는 처음으로 이쪽을 돌아보며.

"글쎄? 어느 쪽이라고 생각해?"

1억 점짜리의 귀여움으로 미소 지었다.

러브 코미디를 찍고 있을 때가 아니었다.

객실 승무원을 따라서 도착한 곳은 조종실—— 콕피트였다.

사건은 최악의 장소에서 일어나고 있는 모양이었다.

"탐정님과 조수분을 모셔왔습니다."

눈 깜짝할 사이에 직함이 침투되었다.

그러나 그런 태클을 걸 시간도 없이 사태가 진행되었다.

승무원이 문을 두드리자 이어서 전자음과 잠금장치가 해제되는 듯한 소리가 나며 육중한 문이 열렸다.

"이건······."

눈앞의 광경을 의심했다.

좁은 콕피트—— 두 개의 좌석에 앉아 있는 건 기장과 부기장.

두 사람 중에서 나이를 먹은 쪽의 남성—— 아마도 기장은 창백한 얼굴로 조종간을 쥐고 있었고, 옆자리의 젊은 쪽—— 부기장은 몸을 수그린 채 의식을 잃고 있었다. 그리고 그런 무너져 내린 부기장의 몸 위에 또 한 사람의 남자가 책상다리로 앉아 있었다.

"여어, 정말로 있었나. 탐정이."

블론드와 에메랄드색의 눈동자가 특징적인 남자였다.

일본어로 말하고는 있지만 피부색과 이목구비로 북유럽계 출신이라는 것을 알 수 있었다.

남자는 부기장의 몸 위에 올라탄 채—— 여유로운 표정으로 나와 시에스타의 얼굴을 하나하나 바라보았다.

"예상 이상으로 젊은 녀석이 왔는걸. 뭐, 좋아. 어느 쪽이 탐정이지?"

비웃는듯한 목소리였다.

우리에게 위압감을 줘서 조금이라도 우위에 서려는 건가.

아니, 하지만 애초에 그렇게 하지 않아도 충분히 최악인 상황이었다.

아무리 나라도 하이재킹범과 맞닥뜨린 경험은 지금까지 없었다. 자연스럽게 몸이 긴장되었다.

"우선 당신의 이름은?"

긴장하지 않은 녀석이 한 명 있었다.

창백한 얼굴의 기장, 실신한 부기장, 땀으로 화장이 지워진 승무원. 제압당한 어른들을 제쳐 두고 아직 십 대인 소녀가 홀로 하이재킹범에게 맞섰다.

"박쥐."

코드네임이라고 남자는 말했다.

그러자 시에스타가 나를 돌아보며.

"봐 봐, 역시 다들 가지고 있잖아. 코드네임."

"아니, 뭐 상관이야!"

알게 뭐냐고! 지금은 그런 소리를 하고 있을 상황이 아니잖아!

어째서인지 조금 의기양양한 표정인 시에스타는 몸을 돌리며 하이재킹범—— 박쥐와 대치했다.

"나는 시에스타, 이쪽은 조수인 왓슨. 베이커가에서 함께 자랐어."

밥 먹듯이 거짓말을 하는 여자였다. 베짱이 보통 두둑한 게 아니었다.

"그래서 박쥐—— 당신의 목적은? 어째서 나를…… 명탐정을 이 자리에 부른 거야?"

그랬었다.

무심코 시에스타의 태평함에 넘어가서 지금이 어떤 상황인지 깜빡할 뻔했다.

"하하, 하하하! 재미있는 여자인걸. 좋아, 즐거워졌어."

한바탕 웃은 박쥐는 여전히 부기장의 위에 앉은 채 이렇게 말했다.

"내가 이 비행기를 하이재킹한 이유를 추리해봐라. 정답이 맞으면 기장의 목을 분지르는 건 관두도록 하지."

이 순간—— 육백여 명의 승객과 승무원의 목숨줄은 한 명탐정의 활약에 맡겨지게 되었다.

◆ 하이재킹범 VS 명탐정

"이 비행기를 하이재킹한 이유라."

시에스타는 하이재킹범——박쥐의 말을 복창하고는 가냘픈 턱에 손가락을 대었다.

"그 추리를 시키기 위해 우리를 부른 거야?"

"그 말대로다. 게임이야, 게임. 육백여 명의 승객과 승무원의 목숨줄을 건 데스게임…… 두근거리지 않아?"

박쥐는 의미심장한 웃음을 지으며 우리에게 핥는 듯한 시선을 보냈다. 마주하고 있는 것만으로도 불쾌감이 드는 남자였다.

"너희의 클리어 조건은 내가 하이재킹을 시도한 이유를 맞추는 것. 그것뿐이다."

"성공하면 전원의 목숨을 살릴 수 있고 실패하면 모두 죽는다는 거야?"

"그래. 심플한 룰이지?"

"그렇네. 하지만 우리가 실패했을 때는 당신도 똑같은 운명을 맞이하게 될 텐데."

시에스타는 꿰뚫는 듯한 시선으로 박쥐를 바라보았다.

"……그렇지. 아무리 나라도 추락하는 기체에 탄 채 살아남는 능력은 없으니까."

"자신의 목숨도 아깝지 않은 거야?"

"이렇게라도 하지 않으면 삶의 실감을 느낄 수 없다거나?"

"그래? 상당히 한가한가 보네."

놀라울 정도로 주눅 드는 일 없이 하이재킹범과 맞서는 시에스타.

농담의 응수에 보이지 않는 칼날이 담겨 있는 듯했다.

여기서부터 더욱 치열하게 두 사람의 싸움이 시작되는 건가──.

"그래, 한가하지. 한가하다 못해 무심코 머나먼 이국에서 하이재킹을 저지를 정도야."

"응, 그러면 그게 대답이야."

그러나 다음 순간──.

"당신은 한가함을 참지 못하고 비행기를 하이재킹했어."

정답이라는 것처럼.

누군가의 의견도 듣지 않고 시에스타는 게임의 최종적인 해답권을 행사했다.

"……잠깐만, 시에스타. 잠깐 있어 봐. 진심으로 하는 소리야?"

하이재킹을 한 이유── 한가해서.

정말로? 이렇게 대대적으로, 거창하게 하이재킹범 VS 명탐정이라는 구도로 판을 만들더니 그런 결론이 용납되는 거냐? 너의 그 대답에 육백어 명의 목숨줄이 달려 있다고.

"물론 진심이야. 저 남자가 말했잖아. 한가해서, 한가하다 못해 비행기를 하이재킹했다고."

"……확실히 그렇게 말하기는 했지만 그건 그냥 농담 같은 거잖아."

"그래? 그러면 이 남자가 거짓말을 했다는 거야?"

"뭐?"

시에스타는 그렇게 말하고는 다시 박쥐에게 시선을 옮기며.

"명탐정을 보고 위축된 나머지 실수로 입 밖에 낸 말을 거짓말이었다고 얼버무리며 막무가내로 내가 패배한 것으로 게임을 끝내려 하고 있다고? 요컨대—— 겁을 집어먹었다는 거야?"

한 치의 두려움도 드러내지 않고 그렇게 내뱉었다.

"——하하. 하하하하. 하하하하하! 대단해, 이거 대단한걸. 훌륭해. 아주 훌륭해. 대단한 용기야."

박쥐는 그 말에 처음에는 조용히…… 하지만 점차 참지 못하게 된 것처럼 배를 부여잡고 웃기 시작했다.

"이거 생각도 못 했는데. 이런 모양새로 구슬려질 줄이야. 두 손 들었어."

……농담하는 거지?

정말로 하이재킹한 이유가 단순한 심심풀이라고?

그게 아니면 시에스타의 너무나도 당당한 허세에 전의를 유지하지 못한 건가?

"생각한 것보다 싱거운 결과였지만 뭐 좋아. 목적은 이미 달성했으니까 여기서는 물러나도록 하지."

박쥐는 부기장의 위에서 내려오더니 우리에게 다가왔다.

"아, 걱정하지 마. 저쪽도 실신했을 뿐이지 죽은 건 아니니까.

뭐, 공항에 도착하면 나는 붙잡히겠지만 아무도 죽이지는 않았으니 한동안 별장에서 지내다 보면 나올 수 있겠지."

박쥐는 한숨을 내쉬며 우리의 옆을 지나쳐 자신이 원래 앉아 있었을 좌석으로 돌아가려고 했다.

"그럼 도착하면 깨워달라고. 아, 매스컴이 시끄러울 테니까 얼굴을 가릴 수 있는 점퍼라도 준비해 줘."

그렇게 이 자리를 뒤로하려고 했을 때.

"아, 정말로 거짓말쟁이였구나."

시에스타가 무감정한 목소리로 말했다.

"……무슨 말이지?"

그 말에 박쥐의 걸음도 멈췄다.

"아니, 딱히?"

"……이보세요, 탐정 씨. 맞아, 확실히 이 비행기의 하이재킹을 시도한 진짜 이유는 따로 있어. 하지만 네 그 대범함을 봐서진 걸로 해준 거잖아. 거참, 전부 말해야겠냐."

역시 그랬나.

어쩐지 순순히 물러난다고 생각했는데 시에스타의 만용을 봐서 넘어가 주었다는 건가.

사건의 진상이 궁금하지 않냐고? 그야 당연하지. 하지만 그건 무사히 비행이 끝난 뒤에 경찰이 해명해 주기를 기다리는 것으로 충분했다.

그보다도 지금은 이 남자의 생각이 바뀌지 않도록 하는 것이 중요했다. 되도록 자극하지 않고 좌석으로 돌려보내자. 그래,

그거야말로 내가 이 자리에서 조수라는 포지션을 맡게 된 이유임이 틀림없었다.

"그렇다잖아, 시에스타. 상대의 어른스러운 대응을 본받아서 우리도 슬슬 자기 자리로……."

"아니, 내가 거짓말이라고 한 건 그걸 말하는 게 아니야."

……아, 그렇군.

어른스러운 대응을 할 수 있는 인간이라면 처음부터 자기 자신을 명탐정이라고 소개하지는 않나.

"하이재킹에 자신의 목숨을 걸어도 아깝지 않다고 한 그 말, 거짓말이었잖아? 사실은 죽는 게 무서워진 거지?"

시에스타가 또다시 도화선에 불을 붙였다.

"……뭘 말하고 싶은 거지?"

박쥐는 여전히 등을 돌리고 있었지만 멈춰 선 채 낮은 목소리로 되물었다.

"물러나는 게 너무 빨라."

"뭐가 빠르다는 거냐."

"패배를 인정하고 물러나는 게. 요즘 세상에, 그것도 난공불락의 보안이라고 일컬어지는 일본의 항공기를 혼자서 하이재킹하려던 남자가 여자애 한 명을 상대로 그렇게 간단히 물러날 리가 없어."

……그건 확실히 나도 걸렸던 부분이기는 했다.

이 정도로 거창한 무대장치를 준비했으면서 너무 고분고분했다. 나는 그걸 운이 좋았던 것으로 생각하려 했지만…… 시에스타는 결코 그냥 넘어가지 않았다.

"아마 당신은 누군가의 지시로 이 하이재킹을 실행한 거겠지. 그리고 당신도 추락하는 비행기와 함께 죽으라는 명령을 받았을 거야—— 내 말이 틀려?"

"…………."

무언은 분명 긍정의 증거일 것이다.

"하지만 당신은, 사실은 죽는 것이 무서워서 죽고 싶지 않으니까 죽지 않고 끝낼 수 있는 이유로 우리를 이용한 거지?"

누군가에게 자살을 명령받은 하이재킹범—— 하지만 일단은 명령에 따르면서도 마지막에 와서 목숨이 아까워진 것이다.

그렇기에 생각해 낸 방법이 탐정을 불러서 추리 게임을 하는 것—— 하이재킹을 시도한 목적을 맞추게 하여 사건을 미수로 끝내 승객과 함께 자신의 목숨도 구한 것이다.

공항에 도착하면 경찰에 붙잡히겠다며 한숨을 내쉬었던 박쥐. 그렇지만 그건 탄식이 아니라 안도의 한숨이었다.

하이재킹이 실패로 끝나면 분명 박쥐는 그걸 명령한 누군가에게 살해당할 것이다. 그러므로 사태가 진정될 때까지 일본 경찰의 보호를 받을 생각이었다.

그러니 이유 같은 건 뭐라도 상관없었을 것이다.

시에스타가 하이재킹의 이유를 돈을 위해서니, 죄수의 석방이니, 외교 문제니 하고 대답했어도 박쥐는 그럴싸한 태도와 말로 얼버무리며 정답인 것으로 했겠지. 하이재킹이 실패로 끝나기를 누구보다도 바라고 있던 건 박쥐 본인이었으니까.

……음, 하지만 그런 거라면.

"그런데 그럴 거였으면 어째서 일부러 추리 게임 같은 걸 한 거지? 하이재킹을 도중에 관두고 싶어졌다면 딱히 이런 짓을 하지 않아도 얌전히 투항했어도 됐잖아."

일부러 탐정을 찾아서 불러낼 필요도 없었을 것이다. 멋대로 비행기에서 내린 뒤에 자수했으면 끝났을 문제였으니까.

"자존심이 용납하지 않았던 거겠지."

시에스타가 나직하게 중얼거렸다.

"부전패가 아니라 제대로 싸워서 지고 싶었던 거야. 모양새만이라도."

그런 법인가.

바로 앞에 있는 본인은 등을 돌린 채 아무런 말도 하지 않았다.

아무런 말도 하지 않았다.

"이봐, 마지막으로 하나만 묻지."

박쥐는 자리로 돌아가려고 하는 시에스타와 나를 불러 세웠다.

"어떻게 전부 알 수 있었던 거지?"

명탐정에게 완패한 적은 마지막으로 자신이 패배한 이유를 물었다.

"뭘 힌트로 그런 추리를 한 거냐. 정말로 내가 그저 물러나는 게 너무 빨랐다는 그 이유 하나 만으로——."

"하아, 그것도 있지만."

시에스타는 긴장감 없는 목소리를 내면서 돌아보았다.

"처음부터 당신을 알고 있었으니까."

"……그게 무슨 의미지?"

"당신이 오늘 이 비행기에 타는 것도, 하이재킹을 꾸미고 있는 것도, 거기에 덧붙여서 그걸 명령한 당신의 동료들도 전부."

……뭐?

그러면 시에스타는 모든 것을 알고서 이 비행기에 타고 있었던 건가?

그리고 추리를 할 것도 없이 처음부터 이런 전개가 될 것을 파악하고 있었다고?

"일류 탐정이란 사건이 일어나기 전에 사건을 해결하는 법이니까."

뭐, 기내에서 깜빡 낮잠을 잔 탓에 조금 늦어 버렸지만.

시에스타는 그렇게 덧붙이며 머리카락을 쓸어올렸다.

*코드네임의 유래는 그거였나. 스페인 사람으로는 안 보이는데.

"……그렇군. 그렇게 된 거였나."

박쥐는 등을 돌린 채 시에스타의 폭로에 담담히 대답했다.

"이거 역시 확실히 해 두게 마지막으로 물어보길 잘했는걸."

"조수, 숙여."

옆에서 시에스타가 중얼거렸다.

"일류 에이전트란 새싹이 보이면 자라기 전에 베어내는 법이야."

---

*시에스타(siesta) : 스페인어로 오후 낮잠을 뜻하는 말.

그렇게 박쥐가 말한 순간, 혹은 그 직전에 몸을 강렬한 충격이 덮쳤다.

　"아얏."

　깨닫고 보니 나는 바닥에 엉덩방아를 찧고 있었다.

　무언가에…… 아니, 시에스타에게 밀쳐진 건가?

　"야, 시에스타. 너 갑자기 무슨…… 어?"

　눈앞에는 어깨에서 검붉은 액체가 철철 흘러내리고 있는 시에스타.

　그리고 그 맞은편에는 머리를 쥐어뜯으며 멀뚱히 선 박쥐── 그 머리에서는, 아니, 귀에서는 끄트머리가 뾰족한 촉수 같은 것이 자라나 있었다.

　"역시 예정을 변경해야겠군. 너만큼은 반드시 죽이겠다."

◆ 미스터리는 SF 판타지와 함께

　"……크, 윽."

　"시에스타!"

　나를 감싸고 쓰러진 시에스타의 곁으로 달려갔다.

　"큭, 조수 같은 건 고용하지 말 걸 그랬어…… 지금까지 아무런 도움도 되지 않았고……."

　"불합리해! 억지로 고용한 건 너거든!?"

　도움이 되지 않는다는 건 동감하지만!

아니, 하지만 지금은 그런 쓸데없는 말다툼을 할 상황이 아니었다.

　"뭔데 저거……."

　박쥐의 오른쪽 귀에서 자라난 촉수는 마치 촉수 자체에 의지가 있는 것처럼 꿈틀거리며 움직이고 있었다. 심록색과 보라색이 섞인 듯한 그로테스크한 색감. 자유자재로 신축되는 모양이라 사정 범위가 얼마나 넓은지도 알 수 없었다.

　"《인조인간》이야."

　어깨의 상처를 누르며 시에스타는 비틀비틀 일어섰다.

　"저 남자는 비밀조직 《SPES》의 구성원이야. 그 녀석들은 인지를 넘어선 힘으로 《인조인간》을 만들어 내어 음지에서 세상을 위협하고 있어."

　"《인조인간》이라니…… 그런 말도 안 되는 게……. 그러면 저 녀석은, 박쥐는……."

　인간이 아니라는 거야? 괴물이라고?

　"저 남자는 아직 《귀》만 그렇지만. 그것도 프로토타입을 훔쳐 내서 억지로 신체에 정착시킨 것에 지나지 않는—— 말하자면 반인조인간이야."

　"시에스타, 어떻게 네가 그런 것까지……."

　"그리고 조직을 배신한 벌로 이번 일의 페널티가 내려졌다는 거지."

　"그러니까 시에스타, 어떻게 네가 그런 것까지 아는 거냐고!?"

　설마 이 녀석까지 그런 쪽의 인간이라는 건 아니겠지.

그러나 그런 걱정은 박쥐의 굵은 목소리에 지워졌다.

"그렇군, 거기까지 알고 있나! 그렇다면 역시 네 시체를 선물로 가지고 돌아가는 편이 좋을 것 같군!"

또다시 《촉수》가 미친 듯이 날뛰며 우리에게 날아들었다.

"조수, 잡아."

"뭐? ……으억!?"

몸이 하늘을 날았다.

아니, 시에스타가 적의 공격을 피하려고 나를 끌어안은 채 크게 도약하고 있었다.

새하얀 머리카락의 감촉이 뺨을 찔렀다.

그녀의 이름은 낮잠의 시에스타.

그건 그야말로 한낮의 꿈 같은 비현실적인 광경으로 느껴졌다.

"너야말로 인간이 맞아?"

"네 눈은 장식이야? 내가 괴물처럼 보여?"

"괴물 같다고는 생각해."

"……너 인기 없지?"

그러나 그런 실없는 대화를 나눌 때가 아니었다.

이렇게 큰 소란에 육백여 명의 승객이 깨닫지 못할 리가 없었다.

"저, 저거! 뭐, 뭐지, 저게!?"

"꺄아아아아아아아아아아!"

여기까지 상황을 살피러 온 승객을 시작으로 비명과 고함이

기내를 가득 채웠다.

"고, 고객님! 진정하시고 행동을!"

화장이 전부 지워진 승무원이 황급히 승객을 진정시키러 향했다.

그러나 이미 기내의 광경은 지옥도였다.

"아~ 이렇게 된 이상은 어쩔 수 없지. 불필요한 인간은 전부 죽여 버리겠어."

"……! 경솔하게 판단하지 마! 그런 짓을 하면 비행기가 추락해서 댁까지 죽을 거라고!"

"얼씨구! 조종사는 살려둘 거라고. 그보다 너 누구더라."

"명탐정의 조수야!"

아차, 스스로 말하고 말았다. 익숙해진다는 건 무섭구만.

"어, 날 명탐정이라고 불러 주는구나. 장한 제자인걸."

"어감으로 골랐을 뿐이야. 그리고 제자가 아니라 조수거든."

아, 이런. 또 말해 버렸다. 이런 고도의 테크닉을 쓰다니.

"……그나저나 저건 진짜로 뭔데. 《인조인간》이라고 간단히 말해도 말이지."

시에스타에게 매달린 채 박쥐의 공격을 피하며 물었다.

"《인조인간》은 어떤 것을 《핵》으로 하여 만들어지는 괴물을 말해. 저 녀석은 귀지만 그 밖에도 눈이나 코, 치아 같은 신체 부위를 무기로 삼아 싸우는 녀석도 널려 있어."

"……! 시에스타는 그런 괴물 같은 녀석들과 싸우고 있는 거야?"

"직접 부딪치는 건 이번이 처음이지만. 그보다 너 정말로 아무것도 몰랐구나."

"선량한 중학생이 그런 뒷세계의 사정을 알 리가 없잖아."

"수수께끼의 007가방을 들고 해외로 뜨는 중학생이 할 소리야?"

"아니, 그러니까 너 정말로 어디까지 알고 있는 건데……."

뭐야, 나까지 주목하고 있었냐고…….

그보다 그 007가방. 이번 일과는 아무런 관련도 없는 거겠지? 난 진짜로 아무것도 모른다고.

"애초에 이 녀석들의 목적은 뭔데…… 하이재킹으로 일본에 선전포고라도 할 셈이었다는 거야?"

"《SPES》라는 이름의 뜻하는 건 라틴어로 《희망》── 그들의 목적은 《구원》을 퍼트리는 거야."

그렇게 말하며 시에스타는 나를 끌어안은 채 크게 도약했다.

"수상쩍은 종교 같구만……."

그리고 다음 순간, 박쥐의 날카로운 《촉수》가 조금 전까지 우리가 있던 바닥을 도려냈다.

이곳은 상공 1만 미터── 기체에 구멍이 뚫리기라도 한다면 그걸로 끝장이었다.

"설마 일본에도 이 정도로 우리에게 위협이 되는 녀석이 숨어 있었을 줄이야."

"은밀 행동은 탐정의 기본이니까. 실제로 내 존재를 깨달은 동료는 없었잖아?"

도발하는 듯한 발언으로 여유를 보이는 시에스타.

그러나 이렇게 가까운 거리에 있으면 호흡으로 알 수 있었다.

시에스타는 체력이 상당히 소모되어 있었다.

걸리적거리는 나를 감싸며 싸우고 있으니 그것도 당연하겠지.

"하하! 그러면 지금까지 몰래 행동해 온 것도 오늘로 의미가 없어지는군."

"그럴까? 그렇지만 조직에는 이제 돌아가지 못하잖아? 그래선 정보 공유를 할 수 없을 텐데?"

"글쎄, 그렇게 생각하나? 네 정보를 미끼로 쓰면 성미가 급한 그 녀석들도 다시 생각해 보지 않을까 기대하고 있다만."

"그렇게 상냥한 녀석일까?"

"하! 네가 뭘 알지?"

또다시 하늘을 나는 뱀처럼 꿈틀거리며 시에스타에게 접근하는 예리한 《촉수》.

이곳은 비행기 안이어서 대항할 수 있는 무기도 없었기에 방어 일변도였다. 이대로는 상황만 악화될 것이다.

"왜 그러지? 호흡이 많이 거친 것 같다만."

"……겉으로는 드러나지 않게 했었는데."

"하하, 이 《귀》는 특제라서 말이지. 촉수 끄트머리에 모인 청각 세포는 백 킬로미터 떨어진 인간의 심장 소리도 분간해준다고."

"……정보가 부족했어. 역시 심박수까지 숨길 수는 없나."

아무리 명탐정이라고 해도 전지전능한 건 아니었다. 시에스타의 이마에 땀이 맺혔다.

그러나 지금 내가 달리 할 수 있는 건 없었다.

"적어도 무기가 있었다면."

그렇게 말해도 이곳은 상공 1만 미터였다.

외부에서 무기를 조달하는 건 불가능했다. 기내에는 일반적으로는 날붙이 하나 반입할 수 없었다. 무기가 될 만한 것이 짐 속에 들어 있는 인간은 이 기내엔…….

……아니, 한 사람 있었다.

"시에스타, 30초만 벌어줘."

"조수?"

"내게 생각이 있어."

이런 상황에서도, 이런 상황이기에 머리가 돌아갔다.

천성적인 연루 체질.

헤쳐 온 수라장의 숫자라면 지금까지 먹은 빵의 개수보다 많았다.

이 직감은 분명 과거의 경험에서 뒷받침된 최적의 해답이다.

"알았어. 아니, 그보다 너는 애초에 활약한 게 없으니까 아무런 문제도 없지."

"조금은 기 좀 살려 달라고!"

실없는 농담을 주고받고 나서 나는 자신의 좌석까지 전속력으로 달려갔다.

"비켜요, 비켜! 거기 좀 비켜 봐요!"

혼란에 빠져 우왕좌왕하는 승객들 사이를 헤치고 지나간 나는 자신의 자리——그 위에 있는 짐칸에서 007가방을 꺼냈다.

물론 나는 이 가방의 내용물을 모른다.

이 상황에서 이게 도움될지 어떨지.

상자 속의 고양이가 살아있을지 죽어있을지.

하지만 공항의 수화물 검사에서 직원들이 서로 시선을 교환한 것은 눈치챘었다.

일본 공항의 보안 수준이 걱정되기는 하지만…… 그래도 그 덕분에 이 도박에 걸어볼 수 있었다.

"시에스타! 이거 받아!"

돌아가는 시간도 아까워서 나는 은색의 큼지막한 007가방을 온 힘을 실어 전장으로 집어 던졌다.

"큭! 보고만 있을 것 같나!"

그걸 깨달은 박쥐는 피투성이의 시에스타를 향해 내지르고 있던 《촉수》로 007가방을 부쉈고── 그러나 그 덕분에 내용물이 마침 시에스타의 손안으로 들어왔다.

"조수, 최고의 일 처리야."

그리고 시에스타가── 손에 든 머스킷 총으로 촉수를 쏘았다.

"크아아아아아아아아아!"

도박은 성공했다.

그로테스크한 액체를 흩뿌리며 《촉수》는 박쥐의 귓속으로 되돌아갔다.

시에스타는 거기서 멈추지 않고 이어서 박쥐와의 간격을 단숨에 좁히고는 깔아 눕힌 박쥐의 목구멍에 총을 들이대었고──.

"탕!"

입으로 총소리를 흉내 냈다.

당혹스러운 표정이 된 박쥐에게 시에스타는 아무렇지도 않은 얼굴로 말했다.

"자, 지금 이 자리에서 당신은 죽었습니다."

나도 지금 무슨 일이 일어난 건지 알 수 없었다. 숨통을 끊지는 않겠다는 건가……?

"이걸로 당신은 동료들에게 노려지지 않게 되었어. 그럴 게 당신은 이미 평범한 사망자일 뿐이니까."

"……얕보는 거냐?"

입에서 총을 거둔 시에스타에게 박쥐가 언성을 높였다.

"그렇지만 죽고 싶지 않은 거잖아?"

"……하! 이렇게 된 이상은 그것도 이젠 무리지. 미끼로 쓸 생각이었던 너에게도 졌다고. 난 틀림없이 제거될 거다."

"걱정할 것 없어. 매스컴에는 당신이 이곳에서 죽었다고 보도하게 할 거니까."

"너 정체가 뭐냐……."

"그리고 일본 경찰을 통해 잠적하는 거야. 걱정 마, 신뢰할 수 있는 연줄이 있거든."

박쥐는 어이없다는 듯이 웃었다. ……솔직히 나도 마찬가지였다.

이 소녀는 대체 뭐지……? 탐정이라고 부르기에는 그 범주를 넘어선 행동을 하고 있잖아.

"여기서 나를 죽여 두지 않으면 후회할 텐데."

"어째서?"

"난 집념이 강하거든. 이런 취급을 당한 앙갚음은 반드시 할 거다."

"그건 무리야."

시에스타는 깔아 눕히고 있던 박쥐의 몸에서 비키며.

"방금 당신에게 쏜 《붉은 탄환》은 내 《피》로 만들어져 있는데 말이지. 그 피에 맞은 자는 결코 마스터를 거스르지 못하게 돼 —— 요컨대 당신의 촉수는 두 번 다시 나를 공격하지 못해."

"……대체 무슨 술수를 쓴 거지."

"그건 기업 비밀인 걸로."

"너도 누군가에게 고용된 건가?"

그 질문에 시에스타는 슬며시 미소 지으며 이렇게 대답했다.

"아니—— 나는 천성적인 명탐정 체질이거든."

그렇군, 세상에는 나보다도 질이 안 좋은 DNA를 가진 인간도 있는 모양이었다.

……그나저나 그건 그렇다 치고.

"시에스타, 깔끔하게 마무리 짓고 있는 와중에 미안한데."

나는 방금 대화 속에서 그냥 지나칠 수 없었던 점에 대해서 시에스타에게 물어보기로 했다.

"그 탄환에 특수한 세공을 할 시간이 언제 있었어?"

내가 집어던진 007가방을 박쥐가 파괴했고…… 떨어져 내린 장총을 받아낸 시에스타가 《촉수》를 향해 방아쇠를 당겼다. 이 짧은 몇 초 사이에 그런 세공을 할 여유가 있었다는 건가?

아니, 아무리 그래도 그건 말도 안 된다.

그렇다면 처음부터 그 탄환에 세공이 되어 있었고…… 시에스타는 틀림없이 그 사실을 알고 있었다는 말이 된다.

그런 나의 불길한 예감에 시에스타는 아무렇지도 않은 얼굴로.

"애초에 그 007가방을 네가 비행기로 옮기게 지시한 사람이 나인걸."

"처음부터 네 손바닥 위에 있었던 거냐고!"

그렇게 3년에 걸친 우리의 눈부신 모험담이 시작되었다.

◆ 지금도 여전히 기억하고 있다

"그게 나와 박쥐—— 그리고 덤으로 전 명탐정의 만남이었어."

많이 길어지고 말았지만 나는 박쥐와 있었던 옛날 일을 나츠나기에게도 들려줬다. 4년 전 이야기를 하면 자연스럽게 예전 파트너의 존재도 얽히게 되지만 어쩔 수 없었다.

나도 오랜만에 그녀의 화제를 입에 담았는데, 결코 좋은 추억만은 아니었는데도 표정이 부드러워지는 건 어째서일까.

"그렇구나…… 응. 이야기는 이해했는데."

나츠나기는 그렇게 말하며 조금씩 뒷걸음질 쳤고.

"그 남자, 엄청나게 위험인물인 거 아니야?"

반대쪽 벽에 등을 붙이고는 박쥐와 거리를 벌리려고 했다.

"어, 그렇지."

"어, 그렇지……는 무슨. 그보다 키미즈카도 상당히 위험한 세계의 인간이었잖아……."

그러고 보니 내 연루 체질에 대해서도 자세하게는 나츠나기에게 설명하지 않았는데…… 경찰이나 죄수 중에 아는 사람이 있는 시점에서 눈치채 줬으면 했다.

"그나저나 그런 남자에게 내 심장 소리를 들려주고 싶지는 않은데……."

뭐 그건 그렇긴 했다. 그 그로테스크한 《촉수》가 가슴에 닿는 건 한창때 소녀에게는 견딜 수 없는 트라우마가 될지도 모르니까. 나라도 사양이었다.

"심장 소리를 듣는 정도라면 이 거리에서도 충분해. 아니, 그렇다기보다도 사실은 이미 아가씨의 심장은 판별이 끝났다."

이야기를 들은 박쥐가 나츠나기와 나의 걱정을 깨닫고 먼저 말했다. ……근데 방금 뭐라고 한 거지? 이미 나츠나기의 기증자를 찾아냈다는 건가?

"박쥐, 댁 정말로 나츠나기가 이식받은 심장의 원래 주인과 만난 적이 있는 거야?"

"그래. 그렇다기보다 그래서 옛날이야기를 한 거다만."

그래서 옛날이야기를 했다고?

여전히 알아듣기 어렵게 말하는 남자였다. 방금 이야기와 나츠나기의 심장 이야기가 어떻게 이어진다는 거지. 설마 4년 전의 그 이야기에, 그 비행기 안에 나츠나기의 기증자가 있었다고 할 셈인가?

"──그런 거였구나."

박쥐의 그 말에 나츠나기가 뒤에서 작게 중얼거렸다.

"왜 그래? 뭘 깨달은 건데."

"……아니, 뭔가 말이지, 이상하다고 생각했었어."

이상하다는 면에서 말하자면 확실히 나츠나기는 첫인상부터 이상한 녀석이기는 했지만…… 아무래도 농담을 할 듯한 분위기가 아닌 듯했다.

"나 말인데, 사실은 그런 행동을 하는 타입이 아니거든."

"무슨 말을 하는 거야, 나츠나기. 아까부터 좀 이상하다고."

"맞아. 나 이상해. 가끔 스스로가 알 수 없을 때가 있어──자기 자신이 아니게 되는 감각을 느껴."

나츠나기는 얼굴에서 평소의 여유 가득한 표정이 사라진 채 작게 어깨를 끌어안고 있었다.

"그게, 아무리 그래도 말이지. 처음 보는 남자에게 그런 행동을 할 성격이 아니었단 말이야, 나는."

그건 어제 교실에서 있었던 일을 말하는 건가?

나츠나기는 사실 그런 대담한 행동을 할 수 있는 타입이 아니라고?

그렇다면 그 영향은 어디에서 비롯된 것인지—— 그래, 그러고 보니 나는 어제 나츠나기에게 내 입으로 직접 그런 내용의 이야기를 했었다.

"기억 전이. 키미즈카는 그렇게 말했었지? 그러니 그 행동은 말이야, 내가 아니라 분명 이 심장의 본래 주인이 시킨 거야."

그런 논리로 말하자면 나츠나기의 기증자는 생전에 그런 행동이 가능한 인물이었다는 말이 된다.

예를 들면 자신의 정당함을 위해서라면…… 목적을 위해서라면 수단도 부끄러움도 평판도 신경 쓰지 않을 듯한.

그런 재주가 가능한 인간을—— 나는 단 한 명이지만 알고 있었다.

그리고 그 녀석은—— 그렇지, 마침 1년 전에 죽었다.

그러고 보니 나츠나기가 심장 이식을 받은 건 언제라고 했었지?……아니, 설마.

그런 우연이 있을 것 같냐. 그런 말도 안 되는 일이.

이마에 차가운 땀이 맺혔다. 손발이 저리고 치아가 딱딱거리며 소리를 냈다.

하지 마, 하지 말아줘.

더 이상 나를 쫓아오지 마.

나는 이제 너의 파트너가 아니라고.

응? 그렇잖아.

넌 이미 죽었잖아.

"왓슨, 현실도피는 보기 흉하군."

고개를 들자 박쥐가 탁한 눈으로 나를 바라보고 있었다.

마치 눈을 돌리지 말라는 말을 듣고 있는 듯한 기분이 들었다.

"이것이 대답이다."

박쥐의 귀에서 언젠가 보았던 예리한 《촉수》가 자라나 있었다.

수많은 색의 물감을 뒤섞은 듯한 그로테스크한 색감에 연체동물처럼 움직이는 모습은 보고 있는 것만으로도 구역질을 불러일으켰다.

"하지 마, 박쥐."

"뭘?"

"사람을 죽이면 사형이라고."

"죽이면, 인가."

하지만, 하고 박쥐는 말했다.

"이걸로 그 녀석을 죽이지 못한다는 건 너라면 알고 있을 텐데?"

"하지 마!"

《촉수》가 더욱 날카로운 형태로 변하더니 나츠나기의 심장을 노렸고——몸의 바로 앞에서 끄트머리에서부터 무너져 내렸다.

그 현상에는 짚이는 데가 있었다.

4년 전에 한 인물이 말했던 일이었다.

『당신의 촉수는 두 번 다시 나를 공격하지 못해.』

그 피에 맞은 자는 마스터를 거스르지 못하게 된다고 했었다.

지금 이 순간, 박쥐의 《촉수》는 나츠나기를…… 이 애의 몸 안에 있는 심장을 공격하지 못했다. 그러므로 그건 요컨대——.

"——시에스타, 너야?"

그 해 질 녘 교실에서 나츠나기의 품 안에 안겼을 때 느꼈던 그리움.

그 그리움의 정체는 1년 만에 재회한 가장 악질적이었지만 가장 사랑한 예전 파트너의 고동에 의한 것이었다.

"나는 처음부터 그 여자가 이곳에 왔다고 생각했는데 말이지."

그러고 보니 박쥐는 우리가 이곳에 왔을 때 눈에 띄게 반가워했었는데…… 그건 한때 대립했던 적의 심장 소리를 들었기 때문이었나.

눈이 보이지 않는 박쥐는 심장 소리만을 듣고 나츠나기를 시에스타로 착각하고 있었다. 처음 대화에서 위화감이 들었던 건 그런 이유였나.

"그 명탐정은 언제 죽었지?"

박쥐가 눈을 가늘게 좁히며 물었다.

"……1년 전에. 머나먼 바다의 멀고 먼 섬에서."

"그런가, 적이지만 유감이군."

"그래, 의외로 싱거운 퇴장이었어."

"싱겁다고? 웃기는 소리를 하는군. 죽어서도 이렇게 다시 네

앞에 나타났는데도?"

박쥐의 그 말에 한순간 가슴이 미어졌다.

시에스타가 다시 한번 내 앞에 나타났다── 그렇군, 확실히 그게 사실이라면 로맨틱한 이야기다.

그렇지만 그 녀석에 한해서는 그럴 리가 없었다.

그런 작위적 전개, 흔해 빠진 감정론.

그 전부가 이지적인 명탐정에게는 어울리지 않는 것이었다.

……거기에 나는 못난 조수였다.

끊임없이 불평불만을 내뱉기는 했지만…… 사실은 시에스타가 얼마나 대단한 녀석이고 내가 얼마나 그 대척점에 있었는지, 그런 건 알고 있었다.

나는 그저 그림자일 뿐이었다.

한낮의 햇살 아래서 마치 꿈인 것처럼 경쾌하게 춤추는 그 아름다운 소녀의 검은 그림자에 지나지 않았다.

그러므로…… 그러니까.

시에스타가 내 앞에 또다시 나타났다는 말은 결코 용납되지 않는다.

그 녀석은 나 같은 건 이미 예전에 잊었을 테니까.

"우연이야."

나는 박쥐에게가 아니라 자기 자신에게 말하듯이 그렇게 중얼거렸다.

"나츠나기와 알게 된 것도, 시에스타의 심장이 나츠나기의 몸 안에 있었던 것도, 전부 그저──."

그 순간, 내 뺨에 따귀가 날아왔다.

"……이것도 심장의 본래 주인에게 영향을 받은 거야? 나츠나기."

"아니야!"

그쪽을 보니 나츠나기가 울고 있었다.

"방금 그건 내 의지야! 내가 때리고 싶어서 때렸어!"

빨개진 눈으로 표정을 일그러트린 채 침을 튀기며 소리쳤다.

"키미즈카, 너 그 소리 한 번 더 해봐! 우연이라고? 이 재회가 우연이라고? 웃기지 마! 이 재회를 우연이라는, 그런 하늘에 기대기만 할 뿐인 무책임한 말로 정리하지 마! 이건 마음이란 말이야! 너와 3년 동안 함께 있었고, 죽어서도 너와 함께하고 싶다고 바랐던 이 작은 심장의 단 하나뿐이었던 소원이란 말이야! 줄곧 나는, 이 심장은—— 키미즈카 키미히코, 너를 찾고 있었어! 다시 한번 너를 만나기 위해서…… 오로지 그것만을 위해서! 그걸, 그 마음을…… 그저 우연일 뿐이라는 말로 끝내지 마! 사람의 마음을 우습게 보지 말란 말이야!"

깨닫고 보니 달려가서 그 가는 몸을 끌어안고 있었다.

그런가. 그랬었다.

내가 했던 말이었다. ——나츠나기의 몸 안에 있는 심장이 누군가를 찾고 있는 거라고.

나츠나기가…… 이 애의 심장이 지난 1년 동안 줄곧 찾아왔던 인물X란 다름 아닌 나 자신이었다.

시에스타는 나와 만나고 싶었던 건가.

"거기 있는 거야?"

대답은 없었다. 당연했다.

탐정은 이미 죽었으니까.

그렇지만.

"오랜만이야, 시에스타."

지금 이 가슴에서 느껴지는 열은 틀림없이 그녀의 것이었다.

"실은 너에게 하고 싶은 말이 산더미만큼 있었어."

네 조수가 되고 나서 내가 얼마나 고생을 했었는지.

총을 밀반입하는 데 연루되고, 수수께끼의 조직과 초상적인 배틀이 시작되었고, 너와 나의 이름이 음지의 세계에 알려지고, 나는 추적자에게서 도망치듯이 3년 동안이나 너와 전 세계를 여행하게 되었고, 무일푼으로 그날그날을 살아가며 《인조인간》과 싸웠고, 태풍 한가운데에서도 둘이 노숙을 했고, 어쩌다가 카지노에서 돈을 좀 번 날에는 리조트 호텔의 침대에서 둘이 뛰어놀았지만, 역시 다음날부터는 빈곤하게 사막을 걸었고, 정글을 헤치고, 산을 넘어, 바다를 건너, 그리고, 그리고——.

"——뭘 먼저 죽어 버리는 거냐고, 이 바보야."

나는 딱히 너를 좋아하지는 않았어.

너도 그랬잖아?

너와 나는 연인 사이는커녕 분명 친구 사이도 아니었어.

탐정과 조수——— 그저 기묘한 비즈니스 파트너일 뿐이었지.

그렇지만, 그렇지만 말이야.

네가 나를 끌어들였잖아.

그런 네가 나보다 먼저 죽지 말라고.

작별 인사 정도는 하고 나서 가버리란 말이야.

"아니, 그래서 돌아온 거야?"

작별 인사를 하려고.

혹은,

"앞으로도 잘 부탁할게."

조용히 내 몸에서 떨어진 나츠나기가 말했다.

그 얼굴은——— 아니, 아무리 그래도 내 착각일까.

어딘가 그립게 느껴지는 1억 점짜리 미소처럼 보인 듯한 기분
이 들었다.

◆**탐정은 이미 죽었다**

그 뒤에 데리러 온 후우비 씨를 따라서 나츠나기와 나는 교도
소를 뒤로했다.

"묻고 싶은 건 물어봤나?"

순찰차의 핸들을 쥔 채 후우비 씨가 뒷좌석에 앉은 우리에게 물었다.

"……예, 대체로는요."

아직 눈이 붉은 나츠나기 대신 내가 대답했다.

"호오, 예상외로 그 남자도 입이 가벼워졌나."

"내용에 따라 다르지 않을까요? 그쪽 이야기는 전혀 입을 열지 않는다면서요."

그 목적으로 시에스타는 그때 비행기에서 박쥐를 산 채로 붙잡았다. 그러나 인수인계를 받은 후우비 씨는 4년이 지난 지금도 박쥐에게서 중요한 정보를 알아내지 못한 모양이었다.

참고로 시에스타가 죽은 지금, 《SPES》와는 정전 상태가 이어지고 있었다. 아니, 정확하게 말하자면 녀석들이 굳이 나를 상대하지 않게 되었다고 할까. 유감이지만 나는 어디까지나 그 명탐정의 덤에 지나지 않았다는 것이겠지.

"뭐, 일단 오늘은 너희에게 수확이 있어서 다행이군. 나에게 마음껏 감사하라고."

교도소에 용건이 있는 후우비 씨를 우리가 마음대로 따라왔다는 설정은 이미 잊어버린 모양이었다. 하지만 어떻든 간에 후우비 씨에게는 감사한 마음뿐이었다.

하지만 한 가지. 나에게는 그냥 지나칠 수 없는 점이 있었다.

"후우비 씨도 처음부터 전부 알고 계셨던 거죠?"

"무슨 말이지?"

"이 녀석의…… 나츠나기의 심장이 원래 누구 거였는지요."

"왜 그렇게 생각하지?"

"글쎄요, 이유를 물어보셔도 대답은 못 하지만 그냥 그렇게 느꼈어요."

근거는 없었다. 그렇지만 정확하게 하필이면 그 남자를 우리와 대면시킨 것에 아무런 의미가 없었을 거라고는 생각할 수 없었다.

그리고 그렇다면. 어쩌면 후우비 씨의 목적은———.

"나츠나기."

분명 이건 지금 해둬야 하는 말일 것이다.

나는 앞을 본 채 옆에 앉아 있는 나츠나기에게 말했다.

"그 심장이 누구의 심장이든 너는 네 인생을 살면 돼."

누군가의 대역이 되려고 할 필요는 없었다.

내가 그렇게 말하자 백미러 너머로 어깨를 움츠리는 후우비 씨의 모습이 비쳐 보였다.

미안하지만 타도 《인조인간》은 당신들에게 맡기겠다. 이 일에 나츠나기를 말려들게 할 생각은 없었다. 나츠나기를 시에스타의 대역으로는 만들지 않을 것이다.

"키미즈카……."

문득 옆을 보니 나츠나기가 어딘가 멍한 표정으로 나를 바라보고 있었다.

"왜 그래?"

"……아니야."

그러나 나츠나기는 이윽고 고개를 작게 내젓고는.

"──고마워."

꽃을 피우는 것처럼 활짝 웃었다.

"아, 피곤해."

그 뒤에 역의 로터리에서 내린 나는 크게 기지개를 켰다.

아니, 빈말이 아니라. 1년 만에 하는 제대로 된 일에…… 예상치 못한 과거의 트라우마 등등을 끄집어낸 탓에 그야말로 만신창이 상태였다.

"……나 때문이야?"

나츠나기가 웬일로 미안해 보이는 표정으로 내 얼굴을 들여다보았다.

"그렇게 말하지는 않았잖아. 오히려 너에게는 감사하고 있을 정도야."

"감사……?"

원래부터 큰 나츠나기의 눈이 더욱 크게 떠졌다.

"네 덕분에 그게, 뭐라고 할까."

왜일까. 말로 잘 표현되지 않았다.

그렇지만 나츠나기와 만나 다시 한번 과거를 마주 보게 되면서 아마도 나는──.

"이대로는 안 된다고, 그렇게 느꼈어."

그렇게 느꼈다고 생각한다.

아직 분명 가능성에 지나지 않지만 말이지.

"……그렇게 말하자면 나도."

내 말을 듣고 나츠나기가 어딘가 근심 어린 표정으로 입술을 깨물었다.

왜 그래? 아직 뭔가 고민거리라도 있어?

나는 그렇게 물어보려고 하다가──.

"오늘은 고마웠어."

아무것도 깨닫지 못한 척하며 그 자리를 뒤로하려고 했다.

그도 그럴 게 나츠나기의 의뢰는 이미 완료되었으니까.

그렇다면 더 이상 내가 나츠나기에게 관여할 필요는 없었다. 관여해서는 안 된다.

당연하지만 나와 나츠나기는 사귀는 사이도 아니고 분명 친구 사이도 아닐 것이다.

탐정(대리)과 의뢰인── 그저 그것뿐인 관계였다.

의뢰가 끝나면 더 이상 우리는 아무런 관계도 아니게 된다.

그렇다면 나츠나기의 곁에서 빨리 물러나는 것이 바람직했다.

나츠나기는 모처럼 새로운 삶을 손에 넣었다.

그러므로 시에스타에게 속박되어서는 안 된다.

그리고 시에스타를 떠올리는 계기가 될 수도 있는 나와도 얽혀서는 안 된다.

"그럼 갈게."

그렇게 생각을 바꾼 내가 역의 개표구를 향해 한 발짝을──.

"기다려."

내디디려고 했을 때 가느다란 손가락이 내 오른손을 쥐었다.

"⋯⋯뭐 더 할 말이라도 있어?"

"⋯⋯아니, 그게."

손을 쥔 채.

나츠나기는 시선을 아래로 떨구며 뭔가 말하고 싶은 것처럼 입을 열고는 다시 굳게 다물고 말았다.

나츠나기가 무엇을 말하고 싶어 하는 것인지, 무슨 말을 해 주려는 것인지는 알 수 있었다.

그렇지만 그건 안 된다.

이건 나츠나기의 인생이다. 다른 누군가의 짐을 짊어지게 해서는 안 된다.

입을 다문 우리의 머리 위.

역 앞의 대형 전광판에서는 큰 음량으로 아이돌 노래가 흘러 나오고 있었다. 뮤직비디오겠지. 중학생 정도의 여자애가 깜찍하게 카메라를 향해 윙크하며 대중음악을 부르고 있었다. 덕분에 침묵의 거북함이 20% 정도 더해져서 덮쳐왔다.

"더 할 말 없으면 가고."

"⋯⋯키미즈카, 성격 안 좋구나."

맞아. 난 인격파탄자라고. 미안하게 됐네.

전에 몇 번 들었던 말을 하는 나츠나기를 두고 이번에야말로 나는 개표구로 향하려고———.

"저기요!"

했을 때, 또다시 내 걸음을 가로막는 목소리가 들려왔다.

옆을 보았다. 나츠나기가 있었다. 고개를 갸웃거리고 있었다. 그렇다는 말은 방금 그건 나츠나기가 아니었다.

시선을 조금 아래로 내리자 그 목소리의 주인이 시야에 들어왔다.

그건 중학생 정도의 여자애였다. 후드에 얼굴의 절반이 가려져 있었지만 엿보인 한쪽 눈이 너무나도 눈부신 것이 일반인으로는 느껴지지 않는 분위기였다.

아니, 그렇다기보다 어디선가 본 적이 있는 듯한…….

나츠나기와 나란히 시선을 쭉 올려보니 역시 어디선가 본 적이 있는 듯한 아이돌이 노래를 부르고 있었고.

"저기, 실은 저 아이돌을 하고 있는데요."

잠깐잠깐. 방금 일을 끝낸 참이라고. 어째서 이런 일이 연속으로……. ……아니, 만약 원인이 있다고 한다면.

옆에 있는 나츠나기를. 그 심장을 보았다.

그리고 내 육감은 역시 틀리지 않았다.

"명탐정님께서 해결해주셨으면 하는 일이 있어서요!"

이거 참. 또 처음부터 이 설명을 할 수밖에 없는 건가.

"안됐지만 나는 탐정이 아니라……."

내가 그렇게 말하려고 하자, 그때.

"미안해, 이쪽의 의욕 없어 보이는 남자는 그냥 조수야."

나츠나기가 나에게 조용히 눈짓했다.

이것이 자신이 정한 길. 그렇게 말하는 듯한 기분이 들었다.

"예? 그럼……."

"하지만 괜찮아."

당혹스러워하는 아이돌에게.

새로운 의뢰인에게 나츠나기는 말했다.

"탐정이라면 여기 있으니까. 내가 명탐정—— 나츠나기 나기사야."

탐정은 이미 죽었다.

그렇지만 탐정의 유지는 결코 죽지 않는다.

【a girl's monologue ①】

깨닫고 보니 줄곧 누군가를 찾고 있는 듯한 기분이 들지만 사실 이건 지난 1년 정도의 감각으로…… 아니, 그렇다기보다 나의 소위 정체성이라 불리는 것이 확립된 것도 최근의 일이었다고 생각한다.

잠깐, 있어 봐.

경솔한 지적은 기다려 줬으면 한다.

나는 어린 시절부터 줄곧 병약해서 침대 위에서 하루하루를 지내고 있었으므로 자아 같은 건 딱히 필요 없었다…… 아니, 분명 가지지 않으려고 했을 것이다.

런닝화를 신고 트랙을 돌고 싶었다.

방과 후에 친구들과 놀러 가서 버블티를 마시고 싶었다.

하지만 그건 이룰 수 없는 일이었으니까.

원해도 얻을 수 없다면 처음부터 바라지 않는 편이 낫다고. 그렇게 생각한 나는 줄곧 자기 자신을 가지지 않으려고 애써왔다.

그래서 솔직히 어릴 적의 기억은 그다지 없었다.

작은 방의 조그만 침대에 누워있었던 기억은 어렴풋하게 있지만 그 이외의 일은 그다지 떠올릴 수 없었다. 떠올리려고 하면 어쩐지 머리가 아파졌다——.

하지만 그거면 된다고.

그게 좋다고 자기 자신을 납득시키고 있었다.

그렇지만 어느 날, 그런 나에게도 무슨 일이 있어도 이루고 싶은 소원이 생겼다.

이 가슴이, 심장이, 소리쳤다.

누군가를 만나고 싶다며 소리치고 있었다.

어떻게 하면 좋지?

무언가를 바란 적이 없었다. 무언가를 해내려고 한 적이 없었다.

내가 뭘 할 수 있지? 이 심장의 소원을 이뤄줄 수 있나?

——깨닫고 보니 달려나가고 있었다.

지금의 나에게는 아스팔트를 강하게, 강하게 박찰 수 있는 다리가 있었다. 18년 동안 담아 온 격정이 있었다. 그것만 있으면 나는 무적이었다.

『네가 명탐정이야?』

겨우 찾아냈다고 생각한 나의 희망은 어쩐지 나른하고 패기가 없었으며 이미 여러 가지를 포기한 것처럼 보여서—— 어딘가 예전의 자신과 닮아 있었다.

그래서 그런 그 녀석을 가만히 보고만 있을 수 없어서 나도 모르게 꾸짖어 버리고, 그만 우는 얼굴도 보여 주고 말았는데…… 그건, 그건 의도한 게 아니었지만.

　하지만 그런 점에서는 나 또한 그 녀석에게 구원받고 말았다.

『그 심장이 누구의 심장이든 너는 네 인생을 살면 돼.』

　그런 말을 듣고 말았다.

　그러므로 분명.

　내 인생은 오늘 이곳에서부터 다시 새롭게 시작될 것이다.

【2 years ago one day】

"흐흥, 흥~."

뙤약볕 아래의 울창하고 수풀이 무성한 숲속을 걸으면서도 파트너 소녀는 쾌활하게 콧노래를 흥얼거리고 있었다.

"왜 그렇게 기분이 좋아 보이는 거야, 시에스타."

오늘도 우리는 《SPES》를 쫓는, 혹은 《SPES》에 쫓기는 여행을 이어가고 있었다. 하지만 명탐정을 자처하는 시에스타에게는 그런 긴장감이 전혀 없는 모양이었다.

"자신의 기분을 스스로 관리하지 못해서는 어른 실격이니까."

콧노래를 중단하고 시에스타가 말했다.

아직 너는 어른이 아니잖아, 하고 태클을 걸 뻔했지만…… 사실 나는 시에스타의 연령을 몰랐다. 진정한 명탐정으로서 자신의 신원을 그리 쉽게 밝힐 수는 없다는 모양이었다. 아직껏 본명도 가르쳐주지 않았을 정도였다.

"그건 무슨 노래야?"

아무리 그래도 이 정도의 정보는 알려줄 거라는 생각에 시에스타에게 무슨 노래인지 물어보았다.

"재팬의 아이돌 송."

"재팬이라니. 넌 어느 나라 사람이냐."

뭐, 실제로 시에스타를 꼭 일본인으로만 볼 수는 없지만.

"근데 의외인걸. 너도 아이돌 같은 거에 관심을 가지기도 하는구나."

"탐정으로서 아이돌의 인기곡 정도는 부를 줄 알아야지."

"그러니까 네가 말하는 탐정이 뭔지 전혀 감이 안 온다고."

저는 이 시대의 명탐정! 노래하며 춤추고 때로는 《인조인간》과도 싸웁니다!

……너무 때려 담았잖아.

"그런 게 아니라. 탐정이 되고 싶다면 견문(見聞)을 넓혀야 한다는 소리야. 말 그대로 시각과 청각은 인간의 오감 중에서도 특히 중요하니까."

견문을 넓히란 말이지…… 언제나 안테나를 세우라는 말인가? 그리고 눈과 귀로 정보를 모으라고. 그렇구만.

"뭐, 나는 탐정이 될 예정이 없으니까 상관없나."

"하아, 너는 정말 귀염성이 없구나."

시끄럽거든. 딱한 시선으로 나를 보지 마.

"그래도 확실히 네가 탐정이 되는 일은 없겠네."

"그렇지?"

"응. 너는 탐정이 아니라 분명 줄곧 누군가의 조수로 있을 거야."

"……응? 어, 응."

그때 어째서일까. 시에스타의 눈이 어딘가 쓸쓸하게 흔들린 것처럼 보였다.

"자, 이제 조금만 더 가면 목적지야."

그러나 그것도 한순간의 일로 금방 평소의 쿨한 표정으로 되돌아갔다. 이어서 시에스타가 가리킨 곳에는 오래된 성처럼 커다란 저택이 있었다.

"정말로 저곳에 《메두사》가 있어?"

메두사── 그 눈을 본 사람을 돌로 바꾼다고 전해지는 요괴. 그런 괴물이 저 저택에서 살고 있다는 수상쩍은 소문을 듣고 우리는 조사를 하러 찾아온 것이다.

"글쎄, 어떨까. 정말로 그런 존재가 있다면 틀림없이 《SPES》의 간부급이라고 생각하는데."

"뭐, 실제로 만나보지 않으면 모르는 일인가."

이거 참, 하고 한숨을 내쉬는 것도 이젠 질렸다. 대신 내가 크게 하품을 하자 옆에서 걷고 있던 시에스타가 지그시 나를 바라보았다.

"왜."

"……아니. 니도 이런 일에 상당히 익숙해졌다 싶어서."

"익숙해지고 싶지 않았는데 말이지."

우리는 휘파람을 불면서 까마귀가 날아다니는 저택으로 향했다.

"이거 어서 오시지요. 먼 길 오시느라 고생하셨습니다."

의자에 앉은 나와 시에스타의 맞은편에서 저택의 노주인이 온

화한 미소를 지었다.

"밖은 더웠지요? 그런데 미안합니다. 실은 지금 냉방장치가 고장이 나서 말이지요."

"아니요. 괜찮습니다."

시에스타는 땀 한 방울 흘리지도 않고 산뜻한 얼굴로 대답했다. 여전히 대단한 녀석이었다. 나는 사과할 거라면 적어도 창문 정도는 열어달라며 마음속으로 불평하고 있었다.

……하지만 상정하던 최악의 사태가 되지 않은 것만으로도 나은 편이라고 할 수 있었다.

솔직히 문을 두드린 순간부터 교전이 시작될 수도 있다고 생각했는데—— 나와 시에스타를 기다리고 있던 건 예상치 못한 환영이었다. 방금 말한 것처럼 소문을 듣고 이곳으로 찾아왔다고 하는 우리를 이 저택의 주인이라는 남성은 기쁘게 맞이해주었다.

그리고 우리는 곧바로 《메두사》의 진상을 확인하기 위해 안내된 거실에 모여서 이야기를 나누고 있었다.

"그러면 그 소문은 영감님께서도 알고 계신 것으로 생각해도 될까요?"

시에스타가 의연한 표정과 자세로 주인에게 물었다.

"예, 그렇습니다. 메두사라는 괴물이 이 저택에 찾아온 사람을 잇따라서 돌로 바꾼다는 소문…… 그리고 아마 그건 제 딸을 가리키는 소문이라고 생각합니다."

양자로 데려온 의붓딸입니다만. 그렇게 말하며 주인은 험악한 표정을 지었다.

"그러면 설마 정말로……!?"

"아니요, 오해입니다!"

내 물음에 주인은 흥분한 것처럼 일어섰다.

"2년 정도 전에 딸은 사고를 당했습니다……. 다행히도 목숨은 건졌습니다만…… 하나, 그건 정말로 목숨만 건졌을 뿐이었습니다……."

"──*천연성 의식장애."

시에스타의 말에 주인은 괴로운 표정으로 고개를 끄덕였다.

"딸은 의식도 없고 몸을 움직이지도 못합니다. 그저 눈을 깜빡이고 자발호흡만 할 뿐인── 말하자면 돌! 그러니 반대입니다! 제 딸이 메두사인 게 아니라…… 딸은 메두사라는 가공의 괴물에 의해 돌이 된 피해자입니다!"

"……그러면 그 정보가 과장되면서 반대의 소문이 되어 퍼졌다는 건가요?"

"그런 것이겠지요."

내 물음에 주인은 힘없이 고개를 끄덕였다. 그리고 방에는 잠시 침묵이 내려앉았다.

"……이거 죄송합니다. 저도 모르게 흥분하고 말았군요. ……역시 조금 덥군요. 지금 차가운 음료를 내오겠습니다."

이윽고 냉정함을 되찾았는지 주인은 집 안쪽으로 들어갔다.

"……잘못 찾아온 모양인데."

---

*천연성 의식장애 : 식물인간의 의학적 표현.

아무래도 이번 일에 《SPES》는 얽혀있지 않은 모양이었다. 아니, 그렇다기보다 사건도 아닌가. 뭐, 괜한 트러블이 발생하지 않는다면 그보다 좋은 일은 없었다. 차가운 음료만 마시고 돌아가도록 할까. 나는 더위를 참지 못하고 셔츠의 단추를 두 개 정도 풀었다.

"너도 벗는 게 어때?"

"너는 바보야?"

"아얏!"

시에스타가 무표정으로 내 발을 밟았다. 적어도 이쪽을 보면서 말하라고…….

"이거 오래 기다리셨습니다."

이어서 주인이 잔을 쟁반에 받쳐서 돌아왔다. 나는 그걸 건네받으려 했고——.

"아얏!!!"

또다시 시에스타가 발을 밟아서 그 통증에 나는 요란하게 앞으로 고꾸라졌다. 당연히 잔도 엎질러서 주변이 흠뻑 젖어버렸다.

"시에스타 너!"

"방금 그건 성희롱에 대한 거야."

"아니, 아까 이미 한 번 밟았잖아."

그러나 내 불평은 들리지도 않았는지 시에스타는 음료가 묻은 주인의 옷을 손수건으로 닦기 위해 다가갔다.

"죄송합니다. 저희 조수가 변변치 못해서."

어? 나 때문이야? 불합리해…….

"하하, 괜찮습니다. ……대신이라고 하면 뭡니다만 제 딸과 만나주시지 않겠습니까? 손님이 오는 건 드문 일이라 분명 그 애도 기뻐해 줄 겁니다."

"예, 물론이지요."

시에스타는 예의 바른 얼굴로 미소 지었다.

"메어리, 손님이 오셨단다."

노주인에게 이끌려 찾아온 3층의 방에는 메어리라는 소녀가 캐노피 침대에 누워 있었다. 가냘픈 몸에 선명한 블론드, 기계적으로 깜빡이는 눈은 비취색으로 마치 인형처럼 아름다운──── 아니, 그 비유는 부적절했다. 그녀는 호흡기를 달고 필사적으로 살려고 하고 있었다. 메어리는 결코 인형 같은 것이 아니었다.

미묘하게 가슴이 답답해져서 그 자리를 시에스타에게 맡기고 나는 고개를 돌렸다. 죄악감 때문인지 어쩐지 호흡도 힘들게 느껴졌다.

"아아, 가엾은 메어리. 이렇게나 아름다운데 숲 밖의 사람들은 너를 괴물이라고 부르는구나. 너무한 일이야."

주인은 얼굴을 가리며 딸에게 일어난 비극을 한탄했다.

……하지만 그런가. 그렇기에 그는 우리의 방문을 환영한 것이겠지. 자신의 딸은 메두사라는 괴물이 아니라는 걸 명탐정이라면 알아줄 것이다. 잘못된 것을 바로잡아 줄 것이라고 생각하며.

"예, 저희가 책임지고 소문은 잘못되었다고 숲 밖의 사람들에게……."

그렇게 말하며 주인의 곁으로 다가갔는데── 깨닫고 보니 눈앞에는 바닥이 있었다.

……바닥? 나는 쓰러진 건가? 왜?

어째서인지 몸에 힘이 들어가지 않았다.

"그러니 메어리. 걱정하지 말거라, 지금 친구를 늘려줄 테니까."

……무슨 소리를 하는 거지?

조금밖에 움직이지 않는 얼굴을 비틀어서 노주인을 밑에서부터 올려다보았다.

그자는 웃고 있었다.

"하하, 하하하. 무서워하지 않아도 된단다. 아프지 않아. 무서울 일은 없어."

그렇게 말하며 그는 바지 주머니에서 주사기를 꺼내더니…… 무슨 생각인지 자신의 오른팔에 바늘을 꽂았다.

"찔릴 거라고 생각했나? 하하, 이건 해독제란다. 그도 그럴게 독은 이미 처음부터 이 방에 뿌려놓았으니까."

뭐라고……? 몸이 마비된 이유가 그런…….

"곧 자네들의 육체는 호흡 이외의 활동이 완전히 정지되어 메어리처럼 한 발짝도 움직이지 못하지만 죽는 일도 없는 영원한 괴로움을 맛보게 될 것이야!"

……그렇군. 창문을 단단히 닫아둔 것도 그런 이유였나…….

거기에 이자는 메어리가 자발호흡만은 한다고 했었다. 그런데 호흡기를 달고 있었던 건 딸을 독으로부터 지키기 위해서…….

그 위화감을 빨리 깨달았어야 했다…….

"이걸로 자네도, 거기 명탐정도 곧 메어리의 친구가…… 친구, 가…….."

그러나 노주인의 상태가 급변했다. 무언가에 놀란 것처럼 눈을 크게 뜨더니…… 이윽고 조금 전의 나처럼 무릎을 꿇고 소리를 내며 엎어졌다.

"어, 째서…….."

그렇게 절망에 빠진 목소리를 내는 남자의 곁으로 다가온 건…… 물론 예상대로의 인물이었다.

"얌전히 있으시죠."

상비하고 다니는 수갑으로 남자를 구속한 그녀는 등에 숨겨둔 머스킷 총으로 창문을 산산이 깨트렸고…… 독이 창밖으로 흩어져 사라졌다.

거기까지 하고 나서야 마침내 돌아본 명탐정은 아직껏 바닥에서 기고 있는 나를 향해 말했다.

"너는 바보야?"

그렇군, 그야 발을 두 번이나 밟을 만하지.

"그럼 너는 처음부터 그 녀석의 노림수를 깨닫고 있었다는 거지?"

적당한 기관에 신고도 끝내고 일을 전부 끝낸 뒤에 저택에서 돌아가는 길. 아직 몸이 마비된 영향으로 시에스타에게 업혀진 상태로 나는 물었다.

"뭐, 그렇지. 그런 노골적인 웰컴 드링크를 네가 마시려고 했을 때는 진심으로 어처구니가 없었어."

"미안했다니까……."

아마 그 음료에도 독을 타 뒀겠지. 그래서 시에스타는 나를 감싸려고 발을 밟은 것이다. ……좀 더 상냥한 방법은 없었나?

"그럼 그때…… 그 녀석의 옷을 손수건으로 닦는 사이에 해독제의 주사기도 바꿔치기했다는 건가."

"그런 거야. 덕분에 나는 해독제를 써서 무사했어."

여전한 독단전행. 혼자서 멋대로 일을 끝내버린다. ……아니, 내가 속도에 따라가지 못하는 것도 문제일지도 모르지만.

"그렇지만 어디까지나 그건 정황 증거야. 확신으로 변한 건 메어리의 눈을 봤을 때지."

"메어리의 눈? 그 애는 의식이 없다고 하지 않았나?"

"아니야, 필사적으로 눈을 깜빡여서 호소했어. 전혀 규칙성이 없고 기계적이지 않은 움직임…… 거기에는 확실하게 생각이 담겨 있었어. 분명 양부의 잘못을 전하려 했을 거야."

광기에 빠진 그 녀석은 정작 딸이 보내는 신호는 깨닫지 못했던 건가. 뭔가 그건 딱한…… 아니, 측은한 이야기처럼 느껴졌다.

"그나저나 용케 봤네."

"너는 바보야?"

"오늘만 세 번째라니 불합리해……."

아니, 뭐, 오늘만큼은 변명도 할 수 없나.

"그 저택으로 가는 길에 내가 했던 말을 잊었어? 견문을 넓히라고 했잖아. 시각과 청각을 갈고닦는 것이 중요하다고. 너도 다른 사람의 시선에는 좀 더 민감해지는 편이 좋아."

"그렇군. 역시 명탐정."

나도 앞으로 몸을 지키기 위해서는 그런 기술도 필요해질지도 모르나.

"시에스타."

"응?"

그렇다면 나도 우선은 시에스타가 말한 것처럼 견문을 넓히는 것부터 시작해보자.

"오늘 콧노래로 불렀던 아이돌의 이름을 알려주겠어?"

내가 그렇게 말하자 시에스타는 어째서인지 만족스러워 보이는 옆모습으로 이렇게 대답했다.

"그 아이돌의 이름은——."

【제2장】

◆그렇습니다, 그녀가 자칭 세상에서 가장 귀여운 아이돌입니다

"——저는 사이카와 유이라고 해요! 아이돌을 하고 있어요!"

설상가상.

탐정이 있는 곳에는 사건이 모여든다.

휴일 저녁나절의 역 앞. 어디서 내 소문을 들었는지 새로운 의뢰인은 나와 나츠나기를 향해 그런 말을 내뱉었다.

사이카와 유이—— 지금 일본에서 주목받고 있는 춤추고 노래하는 여중생 아이돌.

데뷔는 초등학교 6학년 때인 모양으로, 그 무렵부터 정상급의 노래와 댄스 센스를 갖추고 있었으며 무엇보다도 그 사랑스러운 얼굴로 남녀노소를 불문하고 인기를 끌었다. CD의 매상은 주간 판매량에서는 반드시 1위를 따내었고 그 용모로 잡지의 표지나 텔레비전의 광고에서도 이 아이돌의 얼굴을 자주 볼 수 있었다.

……그나저나 사이카와 유이인가.

시에스타. 이것도 우연이야? 아니면——.

그러나 그런 갈등도 본인 말고는 알 길이 없는 일이었다.

아이돌 사이카와 유이는 크게 숨을 들이마시고는 나와 나츠나기를 향해 이렇게 소리쳤다.

"시가 삼십억 엔의 사파이어가 도둑맞는 걸 미연에 방지해주셨으면 해요!"

다시 한번 말하지만 지금 이곳은 휴일 저녁나절의 역 앞이었다.

그 인파가 어느 정도인지는 간단히 떠올릴 수 있을 거라고 생각하는데, 그런 상황에서 '삼십억 엔의 사파이어가 도둑맞는다' 운운하는 뒤숭숭한 단어가 여중생의 입에서 튀어나오면 군중의 주목이 일제히 쏠리게 되는 건 아주 자연스러운 일이었다.

따라서 내가 이어서 취한 행동도 지극히 자연스럽다고 할 수 있었다.

"알았으니까 잠깐 입 좀 다물어 봐."

나는 눈앞에 있는 처음 만난 현역 아이돌 여중생의 입을──있는 힘껏 두 손으로 틀어막았다.

"읍! ㅇㅇㅇㅇ읍! ㅇㅇㅇㅇㅇㅇㅇㅇㅇㅇㅇㅇㅇㅇㅇㅇㅇ읍!"

"좋아. 착하지, 착해."

나는 버둥거리는 사이카와를 팔로 끌어안으며 손에 막힌 채 부르짖는 입을 필사적으로 눌렀다.

나는 방금 일을 하나 끝낸 참이었다.

한마디로 피곤했다. 녹초 상태였다.

그러므로 인기 아이돌이든, 연하의 소녀든, 그 작은 입을 맨손으로 틀어막는 나를 막을 수 있는 법은 이곳 일본에는 없었다.

"삼십억 엔 같은 소리 안 했지? 응? 아얏…… 아, 야! 도망치지 마!"

그러나 소녀는 내 손을 덥석 깨물고는 민첩한 몸놀림으로 잽싸게 거리를 벌렸다.

"느, 느느느. 느닷없이 뭐 하시는 거예요! 제, 제가 누군지 모르세요!? 세상에서 가장 귀여운 아이돌 사이카와 유이라구요! 그런 저를 그쪽은!"

"진정해, 사이카와. 확실히 가장 귀여운 너의 침은 내 양손에 질펀하게 묻어 있지만 그걸 나중에 기쁘게 면봉으로 채취하거나 하지는 않으니까. 나는 그저 피곤해서 네가 좀 조용히 해 주길 바랐을 뿐이야."

"아아아아앗! 탐정님인 줄 알았는데 변태 씨였어요! ……앗! 혹시 그쪽이 그 예고장을 보낸 범인인가요? 아아아아앗! 변태 씨인 줄 알았더니 절도범이었어요! 누가 경찰 좀! 경찰 좀 불러 주세요!"

"하하, 안됐지만 경찰과 나는 이미 끈끈한 관계야."

"그, 그럴 수가! 이미 이 나라는 머리끝에서부터 발끝까지 시커멓다는 건가요! 경찰도 변호사도 정치가도 다들 속옷 도둑과 같은 편이라는 건가요!?"

"야, 잠깐. 변태와 절도범을 합체시켜서 나를 속옷 도둑으로 몰아가지 마! 교도소에 잡혀 들어간 뒤에도 죄목이 원인으로 다른 죄수들이 괴롭힐 듯한 죄를 나에게 뒤집어씌우지 말라고! 아

니, 애초에 난 변태도 절도범도 아니거든!?"

"아니, 변태 죄로 징역 2천 년짜리지."

냉랭한 목소리가 나를 냉정하게 만들었다.

깨닫고 보니 우리 세 사람의 주변만 구멍이 뚫린 것처럼 사람이 없었다.

"……나츠나기, 난 잘못한 거 없어."

"죄인은 다들 그렇게 말해."

새로운 파트너도 상당히 인정사정없었다.

◆ 삼십억짜리 가보를 지키는 간단한 일

"흠흠! 어제는 흐트러진 모습을 보여드려서 죄송했습니다!"

어제는 피곤한 것도 있어서 나와 나츠나기는 다음 날에 의뢰인—— 사이카와 유이와 다시 만났다. 초대받은 사이카와의 집에 들어간 우리는 테이블을 사이에 두고 마주 보고 앉았다.

나와 나츠나기가 나란히 앉고 반대쪽에 사이카와가 앉는 모양새였다.

그런 모양새이기는 한데.

"멀어! 멀거든!? 이 테이블 몇 미터나 되는 거야!"

"그런가요!? 그렇게 크지는 않다고 생각하는데요!"

"그럼 어째서 우리는 아까부터 큰 목소리로 이야기를 나누고 있는 건데!"

"당연히 그냥 말해서는 안 들리니까 그렇죠!"

"역시 네 집이 이상한 거잖아!"

단적으로 말하겠다.

이곳은 사이카와 유이의 집── 아니, 저택이었다. 아니면 성이라고 해도 문제없었다.

대문이라는 거대한 문을 지나서 실제 집 현관까지 도착하기까지 몇 킬로미터의 거리가 있었고, 집안에 들어가자 천장은 까마득한 상공이라고 할 수 있을 정도의 높이로 뚫려 있었으며, 빌려 쓴 화장실은 다 큰 어른이 몇 명이나 들어가서 잠을 잘 수 있는 수준의 넓이였다.

그 정도로 사이카와 유이의 거주지는 장엄하고 호화롭고 현란해서…… 요컨대 이 애는 부잣집 아가씨였다. 이쁨만 받으며 애지중지 키워졌겠지. 자기 자신을 세상에서 가장 귀엽다고 하는 것도 수긍이 되었다. ……수긍이 되나?

뭐, 그건 그렇다 치고. 아무튼 나와 나츠나기는 역 앞에서 만난 다음 날에 사이카와의 구체적인 의뢰를 듣기 위해 사이카와의 집에 찾아와 있었다.

하지만 그 전에.

"그 왼쪽 눈은 다친 거야?"

테이블의 세로 방향이 아니라 가로 방향으로 다시 마주 보고 앉으며(처음부터 그렇게 앉으라고) 나는 그런 질문을 했다.

어제도 그랬지만 지금 사이카와의 왼쪽 눈은 안대로 가려져 있었다. 그러고 보니 사이카와는 텔레비전에 나올 때나 잡지의 표지를 장식할 때도 하트 모양의 안대를 차고 있었던 것이 떠올랐다.

"아, 이건 뭐라고 할까, 개성 만들기? 같은 거예요."

아이돌도 살아남으려고 필사적이거든요, 하고 사이카와는 쓴웃음을 지었다.

사생활에서도 그걸 지키고 있다니 일에 대한 마음가짐이 상당한 모양이었다.

"그러고 보니 나도 옛날에 눈을 다쳐서 안대를 찬 적이 있었지."

"뭐, 그건 그렇다 치죠."

"이 경우에 그 말을 할 사람은 내 쪽이라고 생각한다만."

……뭐, 아무래도 좋으니까 빨리 본론으로 들어가 주시지.

"이번에는 급하게 약속을 잡아서 죄송합니다. 이제 그다지 시간이 없어서요."

"아, 삼십억 엔짜리 다이아몬드를 도둑맞는다고 했던가."

나는 어제 역 앞에서 사이카와가 했던 이야기를 떠올렸다.

"다이아몬드가 아니라 사파이어예요. ……저기, 이야기 똑바로 들으셨어요?"

이런 들켰군. 솔직히 아직 어제의 피로가 남아있어서…… 아니, 개인적인 생각이 머릿속에 가득해서 이 일에는 그다지 집중하지 못했다.

나츠나기의 앞에서는 어디까지나 냉정함을 유지하고 있었지만 나도 사람이었다.

죽었다고 생각했던 예전 파트너. 하지만 그녀의 심장만은 살아 있었고…… 그리고 지금 그 심장이 내 옆에서 고동치고 있었다.

그 사실만으로 내 뇌용량은 이미 한계였다. 뭐, 그런 감상적인 소리를 하고 있으면 그 예전 파트너에게도 비웃음을 살 것 같지만.

"그보다 그쪽은 조수님이시죠? 저는 탐정님에게 용건이……."

결국 이 소리를 듣고 말았다. 하지만 확실히 사이카와의 말대로였다.

4년 전부터 난 그저 조수에 지나지 않았고 지금도 탐정은——.

"——후후, 그래, 맞아. 모든 고민거리는 이 명탐정 나츠나기 나기사에게 맡겨주렴!"

의기양양하게 팔짱을 끼며 자신만만한 표정을 짓는 나츠나기.

그 자신은 어디서 나오는 거야.

"그러면 사이카와 양. 자세한 이야기를 들려주겠어?"

그러나 본인의 의욕이 넘치는데 거기에 찬물을 끼얹을 필요도 없었다. 나는 어디까지나 조수니까.

"실은 말이죠……."

그렇게 사이카와는 우리에게 의뢰하게 된 경위를 이야기하기 시작했다.

"그렇구나."

이야기를 전부 듣고 나서 나츠나기가 고개를 끄덕였다.

사이카와의 이야기에 따르면 사건의 경위는 이러했다.

어느 날 대저택 사이카와 댁에 이런 편지가 왔다.

『사이카와 유이의 돔 라이브 당일에 시가 삼십억 엔의 사파이어를 받아가겠다.』

요즘 세상에 성실하게 그런 편지를 보내는 절도범이 있는가 싶어서 고개가 갸우뚱해졌지만 실제로 일어난 일이니 받아들일 수밖에 없었다.

아무튼 이건 명백한 범행 예고로, 현역 아이돌인 사이카와 유이의 돔 라이브(일주일 후에 개최 예정인 듯했다) 당일에 범행이 이루어진다.

그걸 미연에 방지해줬으면 한다는 것이 사이카와 유이가 우리에게 하는 의뢰였다.

그건 그렇고 사이카와는 어떻게 우리를 알게 된 거지.

내 연루 체질 때문인 건지 아니면 그 심장이 불러들인 것인지.

"그 삼십억 엔짜리 사파이어에 관해 짐작 가는 건 있어?"

"예. 보물고에 있는—— 가보인 『기적의 사파이어』가 틀림없다고 생각해요."

'보물고', '가보', '기적의 사파이어'. 딱 이런 사건에서 나올 만한 단어였다.

"다음 주 일요일에는 제 대형 라이브가 있어서 이 집에는 한 사람도 남지 않게 돼요. 그 사이에 사파이어를 훔친다는 계략일 거예요."

……계략이라는 것치고는 예고장으로 범행 계획을 발설해 버렸는데 범인은 그걸로 괜찮은 건가?

아니면 예고를 해도 훔쳐낼 자신이 있다는 걸까. 확실히 이런 안건에서는 그런 관심병 같은 녀석도 있을 법하지만.

"그런데 범행일을 알고 있다면 그날만 경비를 늘리면 되지 않아? 이런 집이라면 경호원도 많이 있을 텐데."

실제로 이 방에 들어오기 전까지 양복 차림의 다부진 남자들이 즐비해 있는 것을 보았다. 그들에게 맡기면 우리가 나설 차례는 없을 것 같은데.

"아뇨, 그러니까 그건 무리예요. 범행 당일에는 제 라이브가 있으니까요."

"음? 아, 경호원들은 라이브 회장 쪽의 호위를 담당한다는 거야?"

"아, 그런 게 아니라요. 그들은 제 광팬이어서 삼십억 엔의 사파이어를 지키는 것보다도 제가 춤추고 노래하는 모습을 보는 쪽을 중요하게 여기거든요."

"전부 일 때려치우라고 해!"

어처구니없는 의뢰였다.

너무 황당한 나머지 나는 자리에서 일어났다.

"기다려 봐, 키미즈카."

나를 멈춰 세운 건 뜻밖에도 나츠나기였다.

"모처럼 우리에게 부탁해 온 거니까 조금만 더 이야기를 들어 보지 않을래?"

"……왜 그래? 이상하게 적극적인데."

탐정을 자처하게 되면서 자신감이 생긴 건가. 적극적인 것 자체는 나쁘지 않다고 보지만…… 그래도 필요 이상으로 사건에 끼어들면 후회할 일이 생길 수도 있었다.

연루 체질로 18년을 살아온 나 같은 사람이나 무적이었던 명탐정이라면 몰라도 일반인인 나츠나기에게는 책임이 막중한 일이라고 생각하는데…….

그러자 나츠나기는 내 귓가에 입을 가까이하며 작은 목소리로 속삭였다.

"아니, 그치만 말이야. 이런 집에서 사는 애의 의뢰잖아. 그렇다는 말은…….

……그런 거였나. 뭐, 그야 보수는 두둑할지도 모르지만.

"탐정은 돈을 벌기 위한 직업이 아니다만."

"그렇게는 말해도 돈은 필요하잖아. 앞으로 무슨 사건에 말려들지 모르니까."

……그건 확실히 그랬다. 그 3년간의 유랑을 경험한 몸으로서는 돈이 얼마나 중요한지 누구보다도 이해하고 있었으니까.

하지만 그렇게 말한다는 건.

나츠나기는 그걸 각오했다는 걸까. 어쩌면 앞으로 나와 시에스타가 보낸 그 3년간과 같은 경험을 하게 될지도 모른다고. 평범한 생활을 하지 못하게 될 가능성도 있다는 것을 각오하고——.

"새 수영복…….

"이보쇼."

……뭐, 좋아. 목적은 다르더라도 확실히 돈은 중요했다.

나츠나기의 새 수영복이 보고 싶다거나 하는 이유는 전혀 아니었지만(정말로 아니다) 나는 다시 자리에 앉았다.

그리고 생각해 보면.

이건 다름 아닌 재팬의 아이돌 사이카와 유이의 의뢰였다.

내 귀에는 2년 전에 그 녀석이 흥얼거렸던 콧노래가 아직 들러붙어 있는 듯했다.

"그럼 이러라는 거야? 라이브 당일에 나와 나츠나기가 이 집의 보물고를 경호하라고?"

"아, 예. 그런 느낌이에요."

날림이구만. 모처럼 사람이 의욕을 냈더니.

"생각해 보니까 그런 거라면 경찰에 맡기는 편이 좋지 않아?"

"상담한 적은 있는데 예고장만으로는 상대해주지 않아서요."

……그것도 그런가.

일반적인 경찰이란 이미 일어난 사건에만 행동해 준다.

하지만 이해타산적인 이야기이기는 해도…… 이 정도로 돈이 많으니까 그걸 살짝 어필하면 움직여줄 것 같기도 한데.

"경찰을 매수하라니 역시 변태 씨는 발상이 남다르시네요."

"난 아직 아무 말도 안 했다만."

"확실히 빵이 없으면 빵집을 매수하면 된다는 사고방식을 가지고 있기는 한데요."

"마리 앙투아네트도 벌러덩할 발상이구만!"

귀여운 얼굴로 세상을 물로 보고 있는 소녀였다.

왼손으로 조용히 컵을 들어 우아하게 홍차를 마시는 모습도 분하지만 그림이 되었다.

"그러면 그렇게 되었으니 바로 보물고로 안내해 드릴게요."

그렇게 되긴 뭐가 그렇게 된 거냐고 생각하면서도 아마 유익한 대화가 될 것 같지는 않았으므로 사이카와를 따라서 일어섰다.

다만 그래도 말이지.

"사이카와."

이 의문만큼은 지금 해소해 두는 편이 좋겠지.

"이번 일의 의뢰주는 어째서―― 사이카와 유이, 너인 거야?"

아버지도 어머니도 아니고.

사이카와 가문의 가보가 도둑맞으려 하고 있는데 어째서 어른이 이 회의에 참여하지 않은 것인지.

그런 당연한 의문에 사이카와는.

"부모님은 3년 전에 돌아가셨어요. 그래서 제가 사이카와 가문의 가주예요."

그렇게 텔레비전에서 자주 본 웃는 얼굴로 대답했다.

아이돌이란 유쾌하지 못한 일이라고 생각했다.

◆나는 죽지 않으니까

그로부터 사이카와의 안내로 보물고와 집안을 한차례 안내받은 뒤에 연락처를 교환하고 나서 그 날은 해산하게 되었다.

그리고 사이카와의 집에서 돌아가는 길에.

"어떻게 생각해?"

해가 진 길을 걸으며 나는 옆에서 걷고 있는 나츠나기에게 물었다.

"뭘?"

"이 의뢰, 해결할 수 있을 것 같아?"

"생각했던 거와 달랐다고 하면…… 화낼 거야?"

"화내겠냐."

누군가의 대역이 되려고 하지 말라는 내 충고를 들었으면서도 그래도 탐정역을 자처한 나츠나기. 분위기에 넘어간 것도 있을 테고 들떴던 부분도 있었을 것이다.

게다가 느닷없이 찾아온 의뢰는 대부분의 평범한 탐정이 맡게 되는 일과는 전혀 다른 종류였다. 어안이 벙벙한 것도 어쩔 수 없는 일이었다.

"그냥 해본 말이야. 그래도 탐정이란 고생이 많겠어."

"평범한 여고생처럼은 생활하지 못할 수도 있겠지."

"탐정이란 뭐랄까, 집 나간 고양이를 찾는 거라든지 그런 일만 할 것 같다고 생각했어."

"지금 당장 전국의 탐정업자에게 사과해."

……이렇게는 말해도 그 인식이 잘못된 것도 아니긴 하다만.

"어제 말이야."

나츠나기가 그렇게 말하며 가로등 밑에서 불현듯 걸음을 멈췄다.

"꿈을 꿨어—— 시에스타 씨의."

아마 그날 그런 일이 있었으니까, 하고 나츠나기는 나에게 시선을 보냈다.

"……그러냐. 그 녀석, 괜찮아 보였어?"

"일단 무진장 미인이라서 쫄았어."

"그렇지?"

"아니, 거기서 키미즈카가 우쭐거리는 이유를 모르겠는데."

……그나저나 나츠나기는 시에스타와 만난 적이 없었을 것이다. 그렇다는 건 어제 내가 해줬던 이야기를 듣고 머릿속으로 상상한 시에스타의 모습이 꿈에서 나온 거겠지.

"그 녀석이랑 무슨 말 했어?"

"아…… 뭔가, 대판 싸웠어……."

"꿈에서 처음 보는 사람이랑 대판 싸우지 말라고……."

아니, 뭐, 이해가 안 되는 건 아닌데.

시에스타와 나츠나기는 정반대 타입으로 보이니까 말이지…… 이론형과 감정형이라고 할까. 두 사람 모두 비상식적이라는 의미에서는 닮았다고도 할 수 있지만.

"자기 하고 싶은 말만 하며 어느 한쪽도 굽히질 않아서 살짝 손이 나갔는데."

"여자들의 리얼한 싸움 같은 건 절대로 보고 싶지 않은데."

"그래도 마지막에는."

나츠나기가 숨을 들이쉬는 소리가 들려왔다.

"너를 맡기겠다는 말을 들었어."

가로등 밑에서 올곧은 시선이 나를 바라보고 있었다.

"……싸움의 원인이 나였냐고."

어쩐지 멋쩍어진 나는 농담으로 얼버무리려고 했는데.

"……! 그, 그런 거 아니거든. 딱히 키미즈카를 두고 싸운 건 아니란 말이야."

"아니, 그 반응은 뭐야. 반대로 곤란해지는데요……."

"그만! 그마안! 이 화제는 이제 끝!"

그렇게 갑자기 이야기를 어수선하게 끝내며 마찬가지로 어수선하게 손으로 얼굴을 부채질하는 나츠나기. 이 시간대는 시원한 편인데 말이지.

"아무튼! 나는 탐정으로서, 키미즈카는 조수로서 함께 힘내자는 거야."

"그래그래. 수영복도 걸렸으니까 말이지?"

"키미즈카도 보고 싶잖아. 내 수영복 차림."

"어, 그래. 보고 싶지. 겁나게 보고 싶지."

"마음이 담기지 않아서 열 받아."

나츠나기가 내 얼굴을 흘겨보았다.

"뭐, 상관없지만."

"상관없는 거냐."

"그럼 무사히 이 의뢰를 해결하게 되면 함께 바다에 가지 않을래?"

"느닷없이 사망 복선 깔지 말라고."

"안 죽어."

내가 그렇게 말하자 나츠나기는 사뿐사뿐 몇 발짝 걸어가더니 내 쪽을 돌아보았다.

"나는 죽지 않아. 절대로 너를 두고 나만 멋대로 죽지는 않을 테니까."

이 심장에 맹세코.
나츠나기는 그렇게 말하며 왼쪽 가슴에 손을 대었다.
"그러냐."
먹물 같은 밤하늘에 초승달이 떠올랐다.
멀고 먼 달그림자를 향해서 우리는 걸어나갔다.

◆ 끝없는 수다

그다음 날.
나는 홀로 집 근처에 있는 대형 쇼핑몰의 음반 가게를 찾아왔다.

목적은 사이카와 유이의 음반과 출연한 라이브 DVD였다. 일을 완수하기 위해서는 의뢰인에 관한 정보를 모아야 할 때도 많았다. 그런 이유였으니 오늘도 나츠나기와 함께 왔어도 괜찮았지만…… 뭐, 이런 수수한 일은 조수가 할 일일 테니까. 적어도 그 3년간은 그랬다.

"꽤 나왔는걸."

가게 입구 쪽에 사이카와의 특집 코너가 만들어져서 지난 몇 년 동안 발매된 음반이 쭉 놓여 있었으며 모니터에서는 사이카와가 춤추고 노래하는 라이브 장면이 흘러나왔다.

"안대 같은 걸 하고 용케 춤을 추네."

개성을 만들기 위해서라고 했었던가. 하트 모양의 안대를 왼쪽 눈에 찬 사이카와는 한쪽 눈을 가렸다는 것이 느껴지지 않는 움직임으로 무대 전체를 돌아다니고 있었다.

"——키미즈카 씨."

"……!"

귓가에 대고 들려온 등 뒤에서의 갑작스러운 목소리에 나도 모르게 어깨가 움찔했다.

"그렇군요, 그렇군요. 키미즈카 씨는 귀에 숨결을 불어넣으면 기뻐하시는 건가요."

"멋대로 해석하고 멋대로 납득하지 마—— 사이카와."

뒤를 돌아보자 그곳에는 지금 모니터에서 나오고 있는 소녀가 어째서인지 의기양양한 얼굴로 서 있었다.

"변장도 하지 않고 이런 곳에 와도 괜찮아? 시끄러워질 텐데."

"후드 쓰고 있으니까 괜찮아요."

의외로 안 들키거든요, 하고 사이카와는 자신만만하게 말했다.

"그런데 키미즈카 씨는 왜 여기 계세요? 역시 제가 신경 쓰이

섰나요? 팬이 되어 버리셨나요? 좋아하게 되어 버리셨나요? 그치만 죄송해요. 전 아이돌이라서 연애는 금지거든요. 다음 생에 부탁드릴게요."

"고백한 적 없으니까 멋대로 차지 마. 여기 온 건 단순한 현장 조사 같은 거야."

이 자칭 세상에서 가장 귀여운 아이돌은 자신의 귀여움에 한 점의 흔들림도 없는 모양이었다.

"현장 조사요? 그렇군요, 그렇군요. 저랑 마찬가지네요."

"사이카와도?"

"예, 실은 저번 주에 제 최신 싱글 앨범이 나온 참이거든요. 얼마나 관심을 받고 있는지 신경 쓰여서요."

착실하군. 세상을 물로 보고는 있어도 아이돌 일에 관해서 만큼은 진심인 모양이었다.

······그런데 요즘 같은 시대에 일부러 점포에서 현장 조사를 한다고? 아니 뭐, 나도 비슷한 걸 하고 있으니 사돈 남 말 할 입장은 못되지만.

"오늘은 탐정님과 함께 안 오셨나 보네요."

"탐정과 조수가 언제나 함께 행동하라는 법은 없으니까."

"그런가요? 그나저나 엄청나게 미인이네요."

그렇게 말하며 사이카와는 자연스럽게 내 오른쪽 옆에 섰다.

"뭐, 생긴 건 말이지. 성격은 약간 거시기한 점도 있지만."

"아, 나츠나기 씨도 그렇지만 제가요."

"자신을 칭찬하는 데 주저가 없구만."

오히려 속 시원할 정도였다. 반대로 아이돌이란 이 정도는 되어야 하는 걸지도 모른다.

"예, 이 정도로 자신감을 가지지 않으면 아이돌 세계에서 살아남기 힘들거든요."

사이카와가 어깨를 으쓱하며 말했다.

"라이벌이 의상을 찢거나 신발에 압정을 넣어두거나 하는 건 일상다반사예요."

"유쾌하지 못한 뒷사정은 듣고 싶지 않았는데."

"그치만 그런 라이벌들도 어째서인지 다음날에는 모두 업계에서 사라지는 모양이에요."

"우연 맞지? 확실하지?"

"키미즈카 씨는 일본의 총기 규제에 찬성하시나요? 아니면 반대하시나요?"

"무서우니까 방금 이야기에 이어서 그 주제를 꺼내지 마! 그리고 찬성이고 뭐고 일본에서는 처음부터 총기 소지가 인정되지 않았어."

그렇게 과거의 일은 모른 척하며 말해둔다.

"후후, 키미즈카 씨는 리액션이 재미있어서 좋아요. 농담이라구요, 농담."

사이카와는 붙임성 좋은 웃는 얼굴로 나를 올려다보았다.

"어디서부터 어디까지가 농담인지."

"키미즈카 씨가 좋다고 한 부분이 농담이에요."

"그렇군, 이해했어. 날 물로 보고 있는 거지?"

"아하하, 방금 그게 농담이에요."

사이카와는 웃으면서 눈앞의 청음 코너로 손을 뻗었다.

여전히 이 여중생은 뭐가 본심이고 뭐가 가면인지 도무지 종잡을 수가 없었다. 나는 자신의 음반을 즐겁게 듣고 있는 사이카와를 곁눈질로 보며 아이돌이란 성가신 직업이라고 새삼 생각했다.

"새삼스럽긴 한데 딱히 문제는 없어?"

곡의 재생이 끝난 타이밍을 노려서 나는 사이카와에게 물었다.

"예? 뭐가요?"

"일요일에는 돔 라이브잖아. 그런데 그런 예고장이 왔으니 뭐랄까, 정신적으로 괜찮은가 해서."

사이카와에게는 부모도 없었다. 아직 중학생인 사이카와가 혼자서 짊어지기에는 지나치게 무거운 사태일 터였다.

"……괜찮아요."

내 말에 사이카와는 앞을 본 채 손으로 자신의 왼쪽 눈을 조용히 매만졌다.

"저는 혼자가 아니거든요."

"……?"

"아버지와 어머니는 언제나——."

그러나 평소와 분위기가 달라 보였던 건 한순간이었다.

"키미즈카 씨는 상냥하시네요."

내 쪽으로 몸을 빙글 돌린 사이카와가 아래에서 나를 들여다보았다.

"상냥하다고? 그다지 다른 사람에게 들어보지 못한 말인데."

"어쩌면 키미즈카 씨에게도 사람의 마음이 싹트기 시작한 것일지도 몰라요."

"나를 '박사와 함께 살다가 감정을 알게 된 로봇'처럼 취급하지 마."

"이것이 기쁨. 그것이 슬픔. 그 눈물은 너의 마음이야."

"느닷없이 감동 SF영화처럼 되었다만."

"그건 그렇고 네가 만들어진 목적은 자신의 몸을 희생하여 적을 파괴하기 위해서야."

"불합리해…… 감동적인 전개를 돌려내."

내가 머리를 가볍게 찌르자 사이카와는 "역시 키미즈카 씨는 재미있네요." 하고 쿡쿡 웃으며 후드를 뒤집어쓴 채 머리카락을 귀 뒤로 넘겼다. 구태여 팔을 교차시키는 그 몸짓이 몹시 여우 같았다.

"나는 그런 뻔히 보이는 수법에는 넘어가지 않거든."

"후후, 과연 처의 매력이 가득 담긴 DVD를 보고 나서도 같은 소리를 하실 수 있을까요?"

"단순한 라이브 DVD에 이상한 이미지를 씌우지 말라고."

그렇지만 그런 말을 들으니 본인 앞에서 그걸 사는 것도 어쩐지 주저되었다. 다른 곳에서 사기로 한 나는 등을 돌렸다.

"그럼 난 간다."

"예, 그러면 다음에 뵈어요."

의뢰는 잘 부탁드릴게요, 라는 목소리가 들려와서 나는 등을 돌린 채 손을 들어 대답했다.

그리고 가게에서 나온 나는 스마트폰을 꺼내 연락처를 터치했다.

"……생각보다 성가신 일이 될 것 같은데."

이윽고 두 번의 수신음이 지나고 세 번째에 통화가 연결되었다.

『여보세요?』

"어, 지금 통화 괜찮으세요? ──후우비 씨."

◆그것이 유이냥 퀄리티

그로부터 며칠이 지난 토요일.

사이카와 유이의 라이브를 앞둔 전날.

나와 나츠나기는 라이브 회장이 될 돔 공연장을 찾아와 있었다.

"나츠나기 서둘러. 슬슬 리허설이 시작될 거야."

돔 공연장으로 이어지는 기다란 계단을 오르며 십여 단 아래에서 녹초가 된 나츠나기에게 말을 걸었다.

"참 나, 타월도 형광봉도 가지고 오지 않았다고 해서 어이가 없었는데 설마 리허설도 제때 갈 생각이 없었을 줄이야…… 그래도 네가 팬이야?"

"아니, 팬 아니거든."

어째서인지 나츠나기가 나를 흘겨보며 크게 한숨을 내쉬었다.

"저기 말이야, 그거 공사 혼동 아니야?"

"그거? 어느 거?"

"그거!"

이윽고 계단을 올라온 나츠나기가 내 복장을 손가락으로 가리켰다.

"뭐야? 왜 사이카와 양의 라이브 티셔츠를 입고 있는 건데? 왜 회장마다 디자인이 다른 타월을 몇 개나 목에 감고 있는 건데? 그 허리에 감아둔 대량의 펜라이트는 뭐야? 그 리스트 밴드는? 모자는? 신발은?"

상당히 불만이 쌓였는지 나츠나기는 단숨에 쏟아냈다.

"전부 유이냥의 라이브 투어 굿즈인데."

"유이냥!?"

팬들은 모두 사이카와를 친밀함을 담아서 그렇게 불렀다.

"너 지난 일주일 동안 뭘 한 거야? 학교도 안 오고 연락해도 전혀 답장이 없고. 겨우 답장이 왔나 했더니 사전 리허설을 보러 가자고 하질 않나……."

"어, 그게 유이냥이 나온 과거 방송을 뒤졌더니 어느 사이엔가 오늘이 되어서——."

"OK, 두 번 죽여 줄게."

"윽, 하지 마…… 타월로 목을 조이는 건 반칙…… 끄윽……."

나는 나츠나기의 어깨를 두드리며 항복했다.

"내일이 무슨 날인지는 알아?"

계단 중간에서 한 단 아래에 있는 나츠나기가 불만스럽게 나를 올려다보았다.

"그야, 유이냥의 라이브지."

"아니, 그건 그렇지만…… 우리의 진짜 목적은 그게 아니잖아. 범행 예정은 내일── 우리는 범인에게서 『기적의 사파이어』를 지켜내야 해. 내 말이 틀려?"

그렇군. 그 전날이기는 하지만 와야 할 장소를 잘못 찾아왔다고 나츠나기는 말하고 싶은 것이겠지.

"나츠나기가 무슨 말을 하고 싶어 하는지는 알겠는데 의뢰인의 본질을 알게 됨으로써 보이게 되는 진상도 있잖아."

"……그건 뭐."

그러나 완전히 납득한 건 아닌 모양이었다.

"하지만 그렇다고 사이카와 양에게 부탁해서 리허설 견학까지 하는 사람이 있어?"

"일단 맡은 일은 철저하게 해야지. 그리고 라이브 당일에는 유이냥의 집을 지켜야 하니까. 그런 만큼 오늘은 마음껏 즐기자고."

"방금 즐기자고 했지?"

공사혼동이니 정교분리니 하는 어려운 사자성어는 지금은 아무래도 좋았다.

"분명 그 애도 기겁했을 거야."

"기겁하지는 않았어. 당황하기는 했지만."

"그거 같은 의미거든."

그런가? 뭐, 괜찮겠지.

일주일 전에도 보기에 따라서는 즐겁게 대화를 나누는 사이였으니까. 보기에 따라서는.

"역시 개막 첫 곡은 『라즈베리×그리즐리』겠지?"

"아니, 그러니까 그런 단골 세트리스트 같은 건 모른다니까."

자아, 이제 곧 리허설이 시작된다.

고개를 갸웃거리는 나츠나기의 손을 잡아끌며 회장으로 서둘렀다.

"사랑의 특급열차는 멈추지 않아～ ♪"

"Wa Wa～!"

"종착역에서 기다려줘 ♪"

"Wow Wow!"

"완행열차는～ 두고 갈 거야～ ♪"

"두고 가지 말아줘～!"

"엔진 고장 엄금 ♪ 구성호 ♪"

"Yeah!!!!!!"

나는 스탠드석 후방에서 무대를 향해 핑크색 형광봉을 치켜들었다.

리허설처럼 느껴지지 않는 열기. 응원에도 힘이 들어갔다.

옆에서 나츠나기가 '얘가 제정신인가' 하는 표정으로 보고 있었지만 신경 써서는 안 된다.

"감사합니다~! 방금 부른 건 세컨드 앨범의 『구성호는 급정차!』였습니다!"

"아니, 정차하는 거야?"

나츠나기가 정색한 표정으로 중얼거렸다.

"뭐야? 사랑의 특급열차는 안 멈춘다며?"

"세세한 건 신경 쓰지 마. 이게 유이냥 퀄리티니까."

"유이냥 퀄리티."

지난 일주일 동안 전부 이수했는데 사이카와의 노래는 대개 이런 느낌이었다.

대중적인 멜로디와 크레이지한 가사로 음미하면 음미할수록 미각이 마비되어 감칠맛이 느껴지는 듯한 착각을 하게 되는——그것이 유이냥 퀄리티였다.

"변태 씨도 고마워요~!"

무대 위에서 유이냥이 스탠드석을 향해 크게 손을 흔들었다.

"나츠나기, 너 부르네."

"천 퍼센트 너거든!?"

"아니, 나츠나기에게서 자연스럽게 엿보이는 무언가를 간파한 거겠지."

"……뭐!? 나에게 이상한 캐릭터를 뒤집어씌우지 마!"

얼굴이 빨개진 나츠나기가 힐로 나를 차려고 했다.

"야, 어째서 라이브에 힐을 신고 온 거야. 뛰기 힘들게."

"안 뛸 거거든! 넌 네 정신줄이나 잘 잡고 있어!"

그런 실례되는 말을. 이쪽은 라이브를 즐기고 싶을 뿐인데.

"그럼 다음 곡 부르겠습니다~."

그때 유이냥이 음향 스태프에게 눈짓을 했다.

"시작된다."

"뭐가?"

"야야, 『구급차』가 나왔잖아. 그러면 다음 곡이 뭐겠어."

"아니, 그러니까 세트리스트 같은 거 모른다니까. 그보다 『구성호는 급정차!』를 『구급차』로 줄이지 마. 앞글자를 따와서 줄이는 그런 오타쿠 같은 발상은 관두란 말이야."

제대로 이해하는 걸 보니 역시 명탐정이었다.

"자아, 다음은 유이냥의 대표곡이야. 우리는 오늘 이걸 들으러 온 거잖아."

"처음 듣는 말이거든."

그렇군, 나츠나기에게는 아직 말 안 했던가.

……아니, 그렇다기보다는 뭐.

처음부터 말할 생각도 없었다.

나츠나기에게도, 다른 누구에게도.

분명 그편이 수월할 테니까.

일하다가 그만 유이냥에게 홀딱 빠져버린 가엾은 오타쿠.

지금은 분명 그런 역할을 연기하고 있는 편이 나을 것이다.

"몰라? 이 곡의 후렴에서만 유이냥은 봉인을 풀거든."

"봉인?"

그래, 봉인.

유이냥이…… 아니, 사이카와 유이가 스스로 채운 봉인. 비밀.

"그럼 들어주세요——『사파이어☆판타즘』."

빠른 박자의 전주가 흘러나오고 거기에 맞춰서 사이카와가 경쾌한 스텝을 밟기 시작했다.

"푸른 지구를 비추는 거울처럼~ ♪"

나는 지난 일주일 동안 사이카와의 노래를 찾아 들었고 무엇보다도 그 애가 지금까지 출연했던 영상을 빠짐없이 보았다.

그리고 그 가운데서 단 하나뿐이지만 커다란 위화감을 맞닥뜨리게 되었다.

그건 역시 사이카와와 처음 만난 날에 느꼈던 위화감에서 시작되어 이어진 것이었다.

——사이카와 유이는 거짓말을 하고 있었다.

그걸 확인하기 위해서 나는 오늘 이곳에 왔다.

이윽고 곡의 1절이 끝나며 간주에 들어갔다. 그런 타이밍에서.

"응? 키미즈카…… 저기 봐봐."

나츠나기가 옆에서 살짝 상체를 앞으로 내밀었다.

무대의 왼쪽. 무대 끝자락에 선글라스를 쓴 검은 옷의 남자가 서 있었다.

차림새가 스태프로는 보이지 않았다.

"저 사람 이상하지 않아?"

역시 명탐정. 감이 좋았다. 하지만.

"응? 뭐가?"

나는 일부러 깨닫지 못한 척을 했다.

나츠나기 미안하지만 조금만 더 기다려줘.

그리고 곡의 2절도 끝나고 간주에 들어서려는 시점에서⋯⋯ 마침내 검은 옷의 남자가 사이카와를 향해서 걷기 시작했다. 그리고.

"어? ⋯⋯꺄아아아아아아아아아아!"

사이카와의 비명이 마이크를 통해서 홀 전체에 울려 퍼졌다.

"저 녀석은 누구야!? 붙잡아!"

그러자 아슬아슬하게 사이카와와 접촉하기 직전에 남자는 경비 스태프들에게 붙잡혔다.

"⋯⋯역시 그렇군."

지난 일주일 동안 가지고 있었던 위화감. 그리고 방금 일어난 광경을 직접 보고 나는 마침내 확신에 이르렀다. 역시 조금 억지를 부려서라도 오늘은 이곳에 오길 잘했다.

"키미즈카! 빨리!"

멍하게 그 자리에 쭈그리고 앉은 사이카와를 보고 나츠나기는 힐을 벗어 던지며 맨발로 무대로 달려나갔다.

사람으로서 아름다운 모습이었다.

하지만 그 격정은 탐정에게는 불필요한 것이었다.

상냥함이나 배려 같은 감정들은 때로는 독이 되어 되돌아온다.

그걸 나츠나기는 아직 몰랐다.

"괜찮아?"

이어서 나도 뒤늦게 무대에 올라 떨고 있는 사이카와에게 말을 걸었다.

"아, 변태 씨…… 감사합니다."

"이 상황에서도 나를 변태라고 부르지 말라고."

그래도 농담이 나온다면 괜찮은 편인가. 방금 그 일이 트라우마가 되지는 않았으면 했다.

"그나저나 무슨 일이 일어날지 알 수 없어졌는걸. 내일 보물고 경비도 중요하지만 이 회장의 시큐리티도 제대로 하는 편이 좋겠어. 나중에 홀의 백그라운드도 안내해줘."

"예……."

사이카와는 아직 충격에서 벗어나지 못했는지 힘없이 고개를 끄덕였다.

미안하다고는 생각했다.

그러나 탐정이란 인종의 행동원리는 전부 논리에서 비롯된다. 그 부분만큼은 이해해 줬으면 한다. ……뭐, 나는 그저 조수일 뿐이지만.

◆ 결전은 일요일

다음 날, 일요일.

오늘은 사이카와 가문의 가보인 '기적의 사파이어'의 절도 예정일이었다.

사이카와 가문의 당주인 사이카와 유이의 의뢰로 나와 나츠나기는 사이카와의 집을 경비하게 되어 있었다.

그리고 지금 그런 나와 나츠나기는 택시를 타고 목적지로 이동하고 있었다.

"키미즈카…… 어제 했던 말 정말이지?"

뒷좌석의 옆에 앉은 나츠나기가 그렇게 물었다.

어제. 나는 그 리허설이 끝난 뒤에 전에도 한 번 이용했던 카페에서 나츠나기와 오늘 계획을 이야기했다. 그때 나는 처음으로 사이카와 유이가 숨기고 있는 비밀을 나츠나기와 공유했다.

"믿어 줬으니까 지금 이 자리에 있는 거 아니야?"

"일단 그렇기는 한데, 그래도 그쪽은 괜찮은 거야? 아무리 그래도 그냥 내버려 두는 것도 좀…….."

"아, 그쪽도 손은 써놨어. 후우비 씨가 가주시겠대."

"……한 번 물어보려고 했는데…… 그 사람 뭐 하는 사람이야?"

"혼자서 군부대 하나만큼의 전투력은 있어."

"무슨 말인지는 알겠는데 설명은 안 되거든?"

미안하지만 나도 그 사람을 전부 파악하고 있는 건 아니었다. 다만 아무튼 의지가 되는 사람이라는 건 틀림없었다.

"뭔가 불안한 점이라도 있어?"

"딱히 그런 건 없는데. ……그냥 왠지 석연치 않을 뿐이야."

"뭐가?"

"결국 키미즈카가 이 사건을 해결하려고 한다는 점이."

내가 탐정인데.

나츠나기는 그렇게 말하며 창밖의 저무는 해를 바라보았다.

"이번에는 어쩌다 보니 그렇게 된 것뿐이야."

"그런가?"

"그래. 분명 조만간 내가 네 도움을 받는 날도 오겠지."

어느 쪽이냐고 한다면 지금까지 나는 그쪽 포지션이기만 했다. 이따금 조금은 일하지 않으면 네 심장에게 혼날 테니까.

"슬슬 시작할 시간인가."

나는 손목시계로 시선을 떨어트렸다. 후우비 씨를 설득하거나 그 밖에도 어떤 인물에게 협력을 요청하는 등, 여기까지 오는 데 생각 이상으로 시간을 잡아먹었다.

"이래놓고 제때 도착 못 하면 어처구니없는 일이지……."

이제 곧 사이카와 유이의 라이브에서 첫 번째 곡이 시작된다.

"뭐야, 역시 신경 쓰여?"

조금 전 화제는 납득해 줬는지 나츠나기가 입꼬리를 살짝 들어 올리며 나에게 물어보았다.

"어디까지나 일로서 그렇다는 거야. 『라즈베리×그리즐리』에는 관심 없어. 어제도 카페에서 말했잖아."

"하긴 했는데 그런 게 연기로 돼? 어제 키미즈카 엄청 소름 끼쳤는데."

"소름 끼쳤다고 하지 마. 여고생에게 매도당하면 상처가 장난 아니라고."

"실은 지금도 사실은 취미로 그곳에 가고 있을 가능성도 있다고 생각 중이야."

"바보야. 일이 아니면 안 간다고. 돔 같은 곳은."

농담을 주고받으며 우리는 목적지──── 사이카와 유이의 돔 라이브 회장으로 분주히 이동하고 있었다.

　그러나 이미 손을 써 두었다고는 해도 제때 가지 못하면 의미가 없었다.

　"조금 서둘러줘."

　나는 택시 운전사에게 말을 걸었다.

　"……안전벨트를."

　모자 아래의 금발.

　그 금발 뒤에 가려진 탁한 눈이 룸미러 너머로 나를 힐끗 보았다.

　"『구급차』에는 맞춰 가고 싶은데."

　"역시 빠진 거 아니야?"

◆사파이어☆판타즘

　"……리허설과는 전혀 딴판인데."

　돔에 도착하여 홀 안으로 이어지는 문을 연 우리를 기다리고 있던 건 압도적인 빛과 소리였다. 스포트라이트가 일곱 빛깔로 난반사하였고 배 속에 울리는 듯한 음악 소리가 들려왔다.

　이곳은 일상에서 원형으로 갈라진 다른 세계였다.

　그리고 그런 세계를 지배하고 있는 건 아이돌──── 사이카와 유이.

하늘하늘한 의상을 걸친 사이카와에게 무수하게 빛나는 빛의 봉이 바쳐졌다.

누구나가 빠져들 목소리로 부르고 있는 건 최신 싱글곡이었다.

드디어 라이브는 후반전── 이제부터 히트곡 메들리로 몰아붙이겠지.

"키미즈카!"

옷소매를 잡아당기는 느낌에 의식이 현실로 되돌아왔다.

"우리 자리는!?"

나츠나기가 발돋움을 하며 내 귓가에서 소리쳤다. 이 정도는 하지 않으면 서로의 목소리가 전해지지 않았다.

"있을 리가 없잖아! 티켓도 없으니까!"

"아……."

그러면 어떻게 이 홀까지 침입했느냐면 경비 스태프를 잠시 재워 두었기 때문이다.

"아까 그 사람들은 괜찮은 거야!?"

"걱정 마! 이제 그 녀석에게는 그런 짓을 할 생각도 메리트도 없으니까!"

아무래도 후우비 씨와 앞으로의 일도 포함해서 거래를 한 모양이었으니까.

──그때 사이카와가 부르고 있던 노래가 끝나며 박수 뒤에 한순간의 정적이 찾아왔다. 지금이 기회였다.

"나츠나기, 슬슬 가자."

다시 목소리 작게 줄여 나츠나기의 어깨를 툭 쳤다.

"어? 어디로?"

"되도록 무대에 가까이 가 두려고."

회장의 예비 조사는 리허설 견학이라는 명목으로 어제 남모르게 끝내두었다.

우리는 몸을 숙이고 잽싸게, 하지만 눈에 띄지 않도록 천천히 이동하기 시작했다.

"그보다 그 짐은 성가시지 않아? 차에 두고 오지 그랬어."

나츠나기가 내가 멘 클러치 백을 가리키며 말했다.

"어, 좀 필요해서."

"뭐가 들어있는데?"

"쓰고 싶지 않은 것."

쓰지 않아도 되기를 바라는 것, 이라고 바꿔 말해도 된다.

"……그래? 뭐, 딱히 뭐든 상관없지만. 그래서? 그 곡은 아직 멀었지?"

"『구급차』 다음이니까."

"그러고 보니 그랬지…… 어제 리허설 갔던 거 정말로 일하러 간 거구나."

"의심이 너무 많잖아. ……아니, 탐정은 의심이 지나칠 정도가 딱 좋아."

"……응, 그럴지도 모르겠네."

새로운 곡이 시작되었다.

리허설에 따르면 이 노래의 다음이 『구급차』이고 사건이 일어난다고 한다면 그다음 곡인 『사파이어☆판타즘』 때일 것이다. 시간으로 치면 앞으로 10분…… 우리는 주변 사람들에게 의심받지 않도록 조심하면서 조용히 걸음을 옮겼다.

"그런데 무대 가까이에 가서 어떻게 하려고?"

나츠나기가 내 귓가에 대고 물어보았다.

"솔직히 말하자면 그때가 되어 봐야 알 수 있어. 무슨 일이 일어날지도 알 수 없고, 아무 일도 없이 기우로 끝날지도 모르니까. 그러니 우리가 할 수 있는 건 한정된 조건 아래서 최선을 다하는 것뿐이야."

그 순간에서 시선을 돌리지 않게 하는 것——그저 그뿐이었다.

그러기 위해서 지금은 조금이라도 더 사이카와와 가까운 곳으로 숨어든다.

어디 있을지도 알 수 없는——그 녀석들보다도 조금이라도 가까이.

"다들 고마워요~!"

함성이 들끓었다. 곡이 끝난 모양이었다.

드디어 다음이 『구급차』…… 조금 서두를까.

"흥이 오르기 시작했으니 그럼 슬슬 그걸 불러볼게요!"

사이카와의 짧은 코멘트 뒤에 이어서 흘러나온 곡은——.

"들어주세요——『사파이어☆판타즘』!"

뭐……!?

리허설 때와 순서가 다르잖아…… 좋지 않은걸. 여기까지 오는 데 시간이 너무 걸렸어.

"그, 그럴 수가!"

"그래, 안 좋은 상황이야, 나츠나기. 서두르자."

"키미즈카가 그렇게 기대하고 있던 『구급차』가!"

"기대 안 했거든!"

농담할 상황이 아니었다.

물론 나츠나기도 그건 알고 있어서 걸음은 무대로 향하고 있었다.

"푸른 지구를 비추는 거울처럼~ ♪"

회장의 분위기가 단숨에 뜨거워지며 폭탄 같은 소리와 빛이 열기를 가속시켰다.

『사파이어☆판타즘』── 아이돌 사이카와 유이의 최고 히트곡이자 대표곡이기도 한 노래. 이 곡을 부를 때 사이카와는 반드시 어떤 퍼포먼스를 했다.

그리고 그 퍼포먼스가 분명 방아쇠가 될 터였다.

나와 나츠나기는 그것을 막기 위해 이 자리에 왔다.

"키미즈카가 말한 녀석들이 숨어있다고 한다면 어디라고 생각해?"

"모르겠어…… 관객들 사이에 자리 잡고 있을 수도 있고 어제 그 남자처럼 무대 옆에 숨어있을 가능성도 있지."

어제 사이카와와 스태프의 도움으로 홀의 백그라운드와 각종 설비를 보았는데 도리어 선택지가 늘어나고 말았다. 그 모든 가능성을 배제하는 건 우리 둘만으로는 힘들었다.

다만 그렇다고는 해도 너무 이쪽에만 신경 쓸 수도 없었다. 어제 일이 있고 나서 채 하루가 지나지 않았기도 했고 지금도 그쪽은 그쪽대로 분주할 터였다. 그러므로 지금은 한정된 조건과 인원으로 국면을 타파할 수밖에 없었다.

"숨겨둔 비밀은 보석 상자 안에 ♪"

곡은 벌써 간주에 들어섰다. 이제 곧 후렴으로 사이카와의 봉인이 풀릴 때였다. 사건이 일어난다고 한다면 바로 다음이었다.

"……좋아, 도착했다."

그렇게 우리는 겨우 아레나석의 앞에 있는 무대 옆 통로까지 도착했다.

어디냐, 어디 있는 거지.

시선을 집중하며 있는지 어떤지도 알 수 없는 누군가를 찾았다.

하지만 일곱 빛깔 스포트라이트가 시야를 가리고 근처에 있는 스피커의 폭음이 집중력을 저하시켰다.

"…………!"

나츠나기가 뭔가 말하고 있었지만 음악 소리에 전혀 들리지 않았다.

……젠장, 생각한 것 이상으로 환경이 좋지 않았다.

아마도 어딘가에…… 어딘가 가까운 곳에 그 녀석들이 있을 터였다. 하지만 이제 그다지 시간이 없었다.

현장에서 눈과 귀를 최대로 집중하고 있으면 찾을 수 있을 거라고 쉽게 생각했는데 경험을 과신하고 있었다. 시각과 청각이 제대로 기능하지 않으면 이 정도로 머리가 돌아가지 않게 되는 건가.

틀렸다. 소리와 빛으로 머리가 울리기 시작했다. 구역질까지 치밀어 올랐다…….

나츠나기의 힘도 빌리고 싶었지만 이런 환경에서는 의사소통도 제대로 취할 수 없었다.

뭔가, 뭔가 방법이…….

……아니, 잠깐만.

그렇지. 이런 환경이라도 어쩌면 그 녀석이라면——.

"나야! 들려!?"

관자놀이를 누르며 운전사로 고용한 그 녀석에게 나는 소리쳤다.

눈은 보이지 않지만 귀만 들린다면 운전 정도는 할 수 있다고
—— 그렇게 말한 그 녀석은 지금쯤 경비원을 채운 뒤에 회장 부근에서 담배라도 태우고 있을 터였다.

요컨대 이곳에서 거기까지는 몇백 미터나 떨어져 있는 건데…… 그 녀석에게 그런 거리는 아무런 문제도 되지 않았다.

이 폭음 속에서도 내 목소리는 분명 전해질 것이다. 그리고 숨어있는 적의 심장 소리도 그 녀석이라면.

"——박쥐! 적은 어디 있지!?"

바지 주머니가 진동했다.

메시지 앱의 알림에는——『→』의 기호가 하나.

……이건 화살표인가? 어떠한 암호?

……! 그런 말인가……!

나는 놀란 나츠나기를 그 자리에 남겨두고 사이카와가 서 있

는 무대 위로 뛰어 올라갔다.

곡의 후렴. 사이카와가 왼쪽 눈의 안대를 벗었다.

사이카와가 대표곡을 부를 때 선보이는, 오늘 라이브 최대의 연출이자 혼신의 퍼포먼스였다.

함성이 들끓었다.

그러나 그것이야말로 사이카와 유이의 봉인이자 우리에게 숨긴 비밀이었다.

"——시가 삼십 억엔짜리 기적의 사파이어란 사이카와 유이의 왼쪽 눈을 말하는 거야!"

날아온 석궁의 화살을 피하며 나는 사이카와를 끌어안고 그렇게 말했다.

◆슈퍼 아이돌은 이렇게 말했다

그래서 이번 사건.

대체 뭐를 어디에서부터 설명하면 제대로 전해지는지.

누구의 시점에서 말하면 알기 쉬운 이야기가 되는지.

유감이지만 내 직업은 학생으로, 혹은 조수였기에…… 요컨대 결코 소설가 같은 것이 아니었으므로 이번 일의 전말을 가령 누군가에게 이야기하는 일이 있다고 해도 스토리텔러로서는 실격일 터였다.

그 정도로 거짓말과 비밀과 은폐와…… 아무튼 모호한 정보가 너무 많았다. 틀림없이 종잡을 수 없는 전개가 되었을 것이다.

"아니에요, 그것도 전부 제가 잘못한 거예요."

라이브가 끝난 뒤.

나와 나츠나기는 사이카와의 호출로 대기실에 와 있었다.

그리고 우리 맞은편에서 무릎 꿇고 앉은 사이카와는 고개 숙인 채 반성의 말을 입에 담았다.

"제가 처음부터 두 분께 말씀드렸어야 할 정보를 숨기고 혼자 멋대로 판단한 탓에 이런 이야기가 되어 버린 거예요. 두 분께는 정말 큰 폐를 끼치고 말았어요."

죄송합니다.

그렇게 말하며 사이카와는 깊게 고개를 숙였다.

"……저기 말이지. 나 아직 완전히 이해하지 못했는데…… 설명해 줄래?"

탐정이면서 사건의 진상을 파악하지 못했다는 것을 부끄럽게 생각하는 마음이 있는 거겠지. 나츠나기는 조금 머뭇거리며 슬 그머니 손을 들었다.

그러나 그건 나도 마찬가지였다.

이번 사건의 진상…… 이런 결말에 이르게 된 경위는 아직 추측의 영역을 벗어나지 못한다. 당사자가 직접 이야기하기를 나도 계속 기다리고 있었다.

"……그렇죠. 저에게는 그럴 책임이 있어요. 그럼 조금 길어지겠지만 들어 주세요."

사이카와는 왼쪽 눈에 차고 있던 안대를 다시 벗었다.

분명 이 세상의 모든 것을 비추고 있을 그 푸른 눈동자는——
사파이어처럼 아름다웠다.

"저는 뭐부터 이야기하면 될까요?"

"아니죠, 분명 전부겠네요. 알고 있어요."

"그럼 역시 우선은 이 왼쪽 눈 이야기부터…… 아니, 결국은
그게 전부일지도 모르겠네요."

"저의 이 푸른색 의안은 여덟 살 생일날에 부모님께 받은 거예
요."

"그래요, 탐정님…… 조수님 쪽은 깨닫고 계신 것 같네요."

"예, 이건 의안이에요. 소위 말하는 오드아이가 아니에요."

"태어났을 때부터 왼쪽 눈이 보이지 않아서 그걸 콤플렉스로
여겼던 어린 시절의 저는 무척 내성적인 아이였어요."

"그런 외동딸을 걱정하신 부모님이 조금이라도 제가 적극적
인 성격이 될 수 있게 선물해 주신 것이 이 바다보다도 푸른 사
파이어색의 의안이에요."

"당시의 저는 너무나도 아름다운 의안에 매료되었어요. 그래
도 다른 사람들 앞에서 드러내는 일은 없었지만 그래도 이 눈이
있는 것만으로도 어쩐지 자신감을 가질 수 있게 되었죠."

"제가 아이돌 활동을 시작한 건 그 무렵이었어요."

"아버지도 어머니도 밝아진 저를 보고 좋아해 주셨고 그게 기

뻐서 저는 레슨을 더욱 열심히 받았어요."

"아아, 이런 게 살아있다는 거구나 하고…… 호들갑스럽다고 웃으실지도 모르지만 저는 그때 분명 그렇게 느꼈어요."

"죄송해요. 이야기가 조금 탈선했네요."

"아무튼 저는 그렇게 아이돌로서도 순조로운 생활을 보내고 있었는데, 그런 생활도 오래 이어지지는 못했어요."

"3년 전, 제가 열두 살 때 부모님께서 사고로 돌아가셨어요."

"두 분께서 남겨주신 건 커다란 집과 쓸 곳도 없는 터무니 없는 액수의 재산과 그리고…… 이 왼쪽 눈이었어요."

"그래서 이 푸른색 눈은 저에게는 무엇보다도 소중해서 제 마음속에 소중히 담아두고 싶은 것이기도 했어요."

"그렇기에 저는 평소에는 안대를 찼고…… 커다란 무대에서 아주 잠시만 이 왼쪽 눈을 드러내기로 했어요."

"그러지 않으면 만약 부모님께서 천국에서 라이브를 보러 오셔도 깨닫지 못하실지도 모르니까요."

"저는 이 푸르고 푸른 보석 같은 눈은 저와 아버지와 어머니를 잇는 단 하나의 쐐기로 다른 사람들에게 자랑하고 다닐만한 것이 아니라고 생각했어요."

"그런 이유로 저는 의안을 두 분께 말씀드리지 않은 거예요."

"그런데 설마 범인이 저의 이 눈을 가리켜서 『기적의 사파이어』라고 불렀을 줄은 꿈에도 생각 못 했어요."

"마침 사이카와 가문의 보물고에는 시가 삼십억 엔이라고 하는 사파이어의 보옥이 있어서 저는 틀림없이 그걸 말하는 것이라며 착각했던 거예요.”

“처음부터 모든 정보를 말씀드렸더라면 이렇게 수고스럽게 하시는 일도 없었을 거라고 생각하니…… 정말로 죄송했습니다.”

“그리고 감사했습니다.”

“여러분은 오늘 제 집에 가셨을 거라고 생각하고 있어서 조금 놀랐지만…… 역시 대단하시네요.”

“제 비밀을 꿰뚫어 보시고 범인의 진정한 목적을 깨달아서 달려와 주신 거죠?”

“게다가 그걸 무대 연출인 걸로 꾸며 관객분들이 불안해하시지 않을 방법까지 떠올려 주셔서.”

“두 분께 의뢰 드리기를 잘했어요.”

“정말, 정말로——.”

——감사합니다.

이야기를 끝낸 듯한 사이카와는 우리를 향해 바닥에 닿을 정도로 고개를 숙였다.

그랬다…… 사이카와가 말한 대로 범행 예고에 있던 시가 삼십억 엔의 사파이어란 사이카와 저택에 있는 가보인 보석이 아니라 사이카와 본인이 지닌 파란색 의안을 말하는 것이었다.

범인은 사이카와가 무대 위에서 그 푸르게 빛나는 눈을 드러내는 타이밍을 노려 먼 곳에서 저격하려고 했었다.

하지만 결과적으로는 이렇게 한 사람의 피해자도 내지 않고 사파이어가 도둑맞는 일도 없이 사건은…… 이야기는 끝을 맞이했다. 의심할 여지가 없는 해피엔드였다.

"이제 괜찮으니까…… 고개 들어줘."

나츠나기의 말에 사이카와가 천천히 얼굴을 들었다.

그 얼굴에는 감사와 사죄의 감정이 뒤섞여 있는 듯했지만……
그래도 뭔가에서 해방된 듯한 그런 안도의 기색도 엿보였다.

그렇게 우리는 마음을 열고 두세 마디 말을 나눈 뒤에 얼마간
의 보수를 받고 나서 이 뒤에 약속한 대로 새로운 수영복을 산
나츠나기와 둘이서 바다에 가는 것이다. 이걸로 이번 일도 무사
히 해결되었다.

몇 가지 트러블과 예상 밖의 전개에 조금 놀라고 피곤하기는
했지만 이 정도는 대단한 문제가 아니었다. 시에스타와 함께 보
냈던 그 3년 쪽이 훨씬 위험천만하고 바이올런스한 나날이었으
니까.

자아, 평화로운 일상으로 돌아가자.   .

우선은 나츠나기와 어느 해변으로 갈지 이야기를 나누는 것도
괜찮겠지. 그렇다면 언제나 만나는 카페에서 집합인가.

──그런 식으로.

아무 일도 없었다는 것처럼, 깨닫지 못한 것처럼 이 자리를 뒤
로하는 것도 지금의 나에게는 가능했을 것이다.

만약 일주일 전의 나라면. 나츠나기와, 혹은 그 심장과 만나기
전의 나였다면 이대로 아무것도 모르는 척 대기실을 나갔을 것
이 틀림없었다.

그편이 편하니까. 그렇게 하면 평화로운 일상이 기다리고 있

으니까.

하지만 유감이라고 해야 할까. 모른 척하는 건 이제 그만하기로 했다.

사이카와는 확실히 숨기고 있던 비밀을 우리에게 토로했다.

그렇지만 거짓말은 아직 밝히지 않았다.

"사이카와."

내 부름에 사이카와는 내 쪽으로 고개를 돌렸다.

"예?"

순진무구. 어리둥절하게 고개를 살짝 갸웃거리며 나를 바라보았다.

사이카와는 아이돌로——어떠한 표정도 순간적으로 만들어낸다.

웃는 얼굴도, 우는 얼굴도, 자유자재였다.

"나와 나츠나기를 죽이지 못한 페널티는 문제없어?"

그 순간 아이돌 사이카와 유이의 얼굴에서 모든 감정의 색이 사라졌다.

◆ 그 눈동자로 보고 있는 것

"차암, 조수님은 느닷없이 무슨 말씀을 하시는 거예요."

표정이 사라진 것도 잠시뿐으로 평소의 아이돌 스마일로 돌아가는 사이카와.

　그 프로의 기술에는 나도 어딘가 소름이 돋았다.

　"제가 두 분을 살해하려고 했다는 거예요? 아하하, 조수님은 미스터리 작가 쪽이 어울려 보이네요."

　한 번쯤은 말해보고 싶었던 대사예요. 그렇게 말하며 사이카와는 미소 지었다.

　"얘, 키미즈카. 사이카와 양은 이미 자신의 비밀을 고백했잖아. 나도 그 이상의 이야기는 너에게 듣지 못했는데……."

　세 사람 중에서 가장 곤혹스러운 표정을 짓고 있는 건 나츠나기였다.

　"범인이 노리는 건 보물고의 사파이어가 아니라 사이카와 양의 왼쪽 눈이라며. 그래서 보물고를 경비하러 가지 않고 돔 쪽으로 향하는 거라고…… 나는 그 이야기밖에."

　그랬다. 나는 아직 나츠나기에게도 사건의 진상을 전부 말한 것은 아니었다.

　사이카와가 스스로 입을 열기를 기대했는데 아무래도 그건 단념할 수밖에 없을 것 같았다.

　"나츠나기가 말한 대로 사이카와는 자신의 비밀은 밝혔지만…… 거짓말은 고백하지 않았어."

　"거짓말? 그게 무슨 말이야?"

　한편 사이카와는 미소를 지은 채 내 말을 가만히 듣고 있었다.

　"사이카와 유이―― 너는 처음부터 범인과 짜고 나와 나츠나기를 죽이려고 했었어. 그렇지?"

뭐? 하고 나츠나기가 멈칫했다.

"아니, 실제론 나츠나기는 덤이었겠지. 적의 표적은 아마 나였을 거야."

"그럴 리가 없잖아…… 뭔가 증거라도 있어?"

탐정일 터인 나츠나기 쪽이 피의자 같은 말을 했고 당사자인 사이카와는 여전히 동요를 보이지 않았다.

따르르르르르르르르르르릉――.

그리고 그때. 주머니 속의 휴대전화로 전화가 왔다.

"여보세요. 키미즈카입니다. ……예, 예…… 그런가요. 아뇨, 번거롭게 해드렸네요. ……감사합니다. 그럼 다음에."

다행이다. 저쪽도 순조롭게 일이 진행된 모양이었다.

"키미즈카, 방금 전화는?"

"아, 응. 후우비 씨야. 방금 사이카와 저택의 보물고에 설치되어 있던 폭약을 전부 철거한 모양이야."

역시 후우비 씨가 지도하는 폭탄처리반이었다. 문제없이 일을 끝낸 듯했다.

"……! 그, 그치만 범인의 목적은 사이카와 양의 왼쪽 눈이 아니었어? 어째서 사이카와 양의 집에까지?"

"그러니까 범인들의 목적은 두 가지였던 거야. 하나는 말했던 대로 사이카와의 사파이어 같은 왼쪽 눈. 그리고 다른 하나는 ―― 오늘 사이카와 저택을 경비하기로 되어 있던 나와 나츠나기의 목숨이지."

"어떻게 된 거야? 범인은 '보물고의 사파이어'가 아니라 '보물고에 있는 우리'를 노릴 생각이었다는 거야?"

"그런 거야."

아무것도 모른 채 어슬렁어슬렁 나타난 우리를 시한폭탄으로 터트려 죽이려고 했겠지. 조금 전의 석궁도 그렇고 적은 직접 모습을 드러내지 않을 생각인 듯했다.

"요컨대 그게 바로 사이카와가 우리에게 했던 거짓말이야. 사이카와는 처음부터 범인 측의 계획을 알고 있었고…… 아니, 계획을 듣고 우리를 그 보물고로 유도한 거지."

"말도 안 돼…… 증거는?"

믿고 싶지 않다는 것처럼 나츠나기가 재촉했다.

"후우비 씨는 몰랐다던데."

"어?"

"사이카와 저택에 범행 예고가 있었다는 정보가 경찰에는 한 번도 들어오지 않았대."

"그럴 수가…… 경찰에는 상담했지만 상대해주지 않았던 것 아니었어? 그래서 탐정인 우리에게 부탁한 거라고 했잖아……."

나츠나기가 사이카와를 보았다. 푸른 눈동자는 1밀리미터도 흔들리지 않았다.

내가 사이카와와 처음 만난 날에 받았던 위화감. 그 위화감 중 하나가 바로 그 점이었다.

그렇게 돈이 많은데 그걸 어필해서 움직이지 않는 경찰은 좋은 의미로도 나쁜 의미로도 경찰이 아니었다.

그래서 그 이후에 혹시 몰라 후우비 씨에게 연락을 취해보니 예감은 적중해 있었다. 경찰은 사이카와 저택을 노린 범행 예고를 전혀 파악하고 있지 않았다.

그건 요컨대 사이카와는 처음부터 경찰이 아니라 나와 나츠나기라는 특청 두 사람과 접촉한 것으로 우리 두 사람에게 뭔가 특별한 용건이 있다는 의미였다.

확실히 그 시점에서는 아직 그 용건이 우리 두 사람의 목숨이라고까지는 할 수 없었다. 그렇지만 나츠나기는 몰라도 내 목숨을 노리는 이유는 있었다. 그리고 그 범인들—— 적도 짐작이 갔다.

"그래도 이상하잖아. 어째서 아이돌인 사이카와 양이 그런 짓을…… 설마——."

나츠나기가 말한 '설마' 뒤에 이어질 말은 아마 사실과는 다를 것이다.

사이카와는 결코 《SPES》의 일원이 아니다.

"협박받았겠지."

그때 처음으로 사이카와의 작은 어깨가 살짝 떨렸다.

"그 왼쪽 눈을 빼앗기고 싶지 않다면 키미즈카 키미히코를 처리하라는 식으로 말이야."

그게 상대가 내놓은 조건.

사이카와는 분명 자신의 목숨보다도 소중한 그 왼쪽 눈을 지키기 위해서 우리를 적에게 판 것이다.

"그렇지만 말이지, 사이카와. 그 녀석들은 그렇게 무르지 않

아. 녀석들은 우리의 목숨과 함께 네 왼쪽 눈도 빼앗으려고 했어."

아니, 어쩌면 뺏는 것이 아니라 파괴하려고 했던 것이 아닐까.

사파이어의 왼쪽 눈을 그 석궁의 화살로 노렸다. 그리고 그 목적은———.

"하지만 왜?"

끼어든 건 나츠나기였다.

"범인은…… 키미즈카가 말한 그 조직은 어째서 사이카와 양의 왼쪽 눈까지 노린 거야? 아무리 아름다운 의안이라고 해도 그렇게까지 해서……."

"의안이라…… 저건 그런 평범한 물건이 아니야."

"뭐?"

그 녀석들이 노리는 만큼 그에 걸맞은 이유가 있다.

"그렇지, 사이카와? 네 눈에는 지금 뭐가 보이지?"

사이카와는 한순간 내 발치에 있는 클러치백으로 힐끗 시선을 보냈다.

"호신용인가요?"

마침내 입 밖으로 나온 목소리는 평소처럼 상냥하고 사랑스러웠다.

생각대로인가.

역시 아이돌. 내 가방의 내용물을 알고 있으면서 그런 미소를 짓고 있을 수 있다니.

"호신용이라. 맞아. 나는 옛날부터 목숨이 노려지는 상황과

빈번하게 맞닥트려서 말이지.”

　나는 재빠르게 가방 속으로 한쪽 손을 집어넣으며 빈손으로 나츠나기를 뒤로 밀쳐냈다.

　그리고 꺼낸 권총을 정면을 향해 들었고——.

　“제 《왼쪽 눈》은 당신들에게는 넘기지 않겠어요.”

　마찬가지로 우리를 향해 권총을 든 사이카와를 마주 겨누었다.

◆그건 그 어떤 아이돌보다도

·

　사이카와가 겨눈 권총의 조준은 내 미간을 향하고 있었다.

　“그렇군, 그런 식으로 협박받은 건가.”

　사이카와에게는 나와 나츠나기야말로 적이고—— 사파이어의 왼쪽 눈을 빼앗으려고 하는 장본인이라고 구슬린 건가. 그리고 우리 두 사람을 처분하는 걸 도와주겠다는 제안을 한 것이겠지.

　“참 나, 그런 것까지 그 녀석들에게 받은 거야?”

　“아뇨, 이건 제 권총이에요.”

　“슈퍼 아이돌이 권총 들고 다니지 말라고.”

　“이 정도는 평범한 소녀의 필수품이에요.”

　“그런 필수품이 세상천지에 어디 있어.”

……아니, 농담 따먹기를 할 때가 아니었다.

"사이카와, 너도 알잖아. 우리는 적이 아니야── 조금 전에 지켜준 걸 잊었어?"

"그……그러니까 그건 분명 저를 방심시키려고……."

"그런 짓을 하지 않아도 내가 그때 달려가지 않았다면 석궁의 화살은 확실하게 네 왼쪽 눈에 명중했을 거야. 내가 정말로 네 적이라면 그렇게 번거로운 행동을 하겠어?"

"그……그건……."

"알겠어? 우리를 죽여도 소용없어. 우리를 죽이고 나면 네 《왼쪽 눈》은 진짜 적에게 빼앗길 거야."

"아니에요!"

사이카와가 소리치며 엄지로 권총의 안전장치를 풀었다.

"그런 일은 없을 거예요. 안 그러면, 안 그러면 저는……."

의연한 표정.

그렇지만 사이카와의 목소리는 살짝 떨리고 있었다.

"사이카와, 그 왼쪽 눈이 평범한 의안이 아니라는 것 정도는 알고 있잖아."

내 물음에 사이카와는 입술을 깨문 채 아무런 대답도 하지 않았다.

"무슨 말이야?"

나츠나기의 떨리는 목소리가 등 뒤에서 들려왔다.

"사이카와의 왼쪽 눈에는 《SPES》가 집착할 만한 이유가 있다는 말이야."

"아까도 그런 말을 했었는데…… 그렇다는 말은."

"그래. 간단하게 말하자면 사이카와의 눈은 그 녀석의 귀와 같은 부류의 물건이야."

"그 녀석? ……! 그런 거였어……?"

나츠나기도 이해했는지 말을 잇지 못했다.

"그 의안은…… 인조 왼쪽 눈은 물체를 투시할 수 있어. 내 말이 맞지, 사이카와?"

그것이 바로 그자들이 사이카와의 《왼쪽 눈》에 집착하는 이유였다.

어떠한 경위로 사이카와의 부모가 그걸 손에 넣었는지는 알 수 없지만…… 아무튼 그건 《SPES》에서는 무시할 수 없는 물건이었겠지.

"……어째서 깨달으신 거죠?"

"지난 일주일 동안 사이카와가 출연한 텔레비전 영상을 닥치는 대로 봤거든. 그랬더니 네가 안대를 차고 있는 것치고는 지나치게 불편함 없는 움직임을 하고 있었으니까."

일반적으로 한쪽 눈밖에 보이지 않는 인간은 건강에 이상이 없는 인간과 비교해서 시야가 20퍼센트 이상 감퇴하는 데다가 원근감도 파악하기 힘들어진다. 하지만 사이카와가 춤추고 노래하는 영상을 본 바로는 이 애에게선 그런 장애가 전혀 느껴지지 않았다.

그리고 그뿐만이 아니었다. 사이카와의 집에 갔던 날에도 사이카와는 왼손으로 컵을 들고 홍차를 마셨다. ──안대 때문에

좌측 시야가 크게 가려져 있었을 텐데도.

음반 가게에서 우연히(사실은 나를 감시하고 있었던 것이겠지) 만났을 때도 사이카와는 내 오른쪽 옆에 섰다. 그러나 왼쪽 눈이 보이지 않을 터인 사이카와가 그 위치에 선다는 선택을 한 건 너무나 부자연스러웠다.

순서대로 말하자면 그러한 위화감이 쌓이고 쌓여서 일주일 동안 사이카와를 철저하게 조사하기에 이른 것이다.

"미안하지만 시각과 청각에는 민감해지라고 예전 파트너에게 배웠거든."

2년 전에 시에스타가 시선만을 힌트로 숲속의 저택에서 《메두사》 사건을 해결했던 일이 떠올랐다.

……그래. 확실히 네 말대로였어, 시에스타. 이 업계에서는 눈과 귀가 좋은 인간만이 살아남는 모양이야.

"……그렇군요. 처음부터 신용 받지 못했다는 건가요. 아하하, 리허설에 꼭 오고 싶다고 하셨을 때는 어떻게 된 건가 싶었어요."

"유이냥의 팬이 되었다고 생각했어?"

"예, 틀림없이 저의 포로가 되어 버리신 거라고 생각했어요."

나츠나기에게도 확실하게 의심받았었지.

나와 사이카와는 권총을 마주 겨누고 있는 상황을 잊고 잠시 웃음을 터트렸다.

"혹시 어제 그 검은 옷의 남자도 조수님이 꾸미신 건가요?"

"감이 좋은걸. ……아니, 미안하다고는 생각하고 있어."

사이카와의 왼쪽 눈이 보인다는 것을 직접 보고 확신하고 싶었던 나는 그 리허설에서 한 가지 일을 꾸미기로 했다.

인간이란 갑작스러운 위기 앞에서는 본능적인 반응을 보이는 법이었다.

무대의 왼쪽에서 다가온 수상한 남자를 사이카와는 안대로 가려져 있을 터인 왼쪽 눈으로 분명하게 인식했다.

그런 상황에서 '나는 왼쪽 눈이 보이지 않는다는 설정이니까 왼쪽에서 다가오는 남자를 깨달아서는 안 된다' 하고 냉정한 판단을 내릴 수 있을 리가 없었다. 결과적으로 사이카와는 남자가 접근하기 전에 비명을 질러서 무사할 수 있었다.

참고로 그 검은 옷의 남자는 내 지인이기도 했다. 4년 전에 걸핏하면 나에게 007가방을 건네던 남자 중 하나였다.

"《왼쪽 눈》의 성능을 확인하는 데 보통 그렇게까지 하나요?"

"아니, 목적은 한 가지 더 있었어. 수상한 사람이 있었다는 구실로 돔의 설비를 안내받고 싶었거든. 그 녀석들이 오늘 숨을 만한 장소를 알아봐 두고 싶었으니까."

"……준비성이 너무 좋지 않아요?"

"예전 파트너의 가르침이라서."

일류 탐정이란 사건이 일어나기 전에 사건을 해결하는 법이라고 했던가.

"이 정도로 전부인가? 서로 숨기고 있던 건."

"그렇네요…… 예, 저는 이제 밝힐 수 있는 게 없어요."

그렇게 말하며 사이카와는 오랜만에 고혹적인 미소를 지었다.

그래, 이거야말로 내가 아는 아이돌 사이카와 유이였다.

"그러면 이야기가 끝난 것으로 생각하고 묻겠는데…… 그 총을 내려줄 수는 없어?"

"그건…….."

사이카와는 한순간 얼굴을 일그러트리며 고개를 숙였다.

"사실은 이미 알고 있어요…… 저도 알아요. 여러분은 저의 적이 아니라는 것을요. 지켜주려고 하는 아군이라는 것을요. ――그렇지만."

그리고 다시 사이카와는 고개를 들었다.

그 쓸쓸하게 웃고 있는 얼굴의 오른쪽 눈에서는 한줄기 선 같은 눈물이 흘러내리고 있었다.

"그럼 어떻게 하면 좋나요? 어떻게 하면 저는 이 왼쪽 눈을 지킬 수 있나요?"

그렇군. 사이카와도 알고 있었다.

우리를 죽인다고 해서 문제는 해결되지 않는다는 것을. 위협은 사라지지 않는다는 것을.

왜냐하면 《SPES》의 목적은 나만이 아니었으니까. 사이카와도 마찬가지로 나를 처분하기 위한 수단으로써 《SPES》가 살려두고 있을 뿐이지 지금에 와서는 사이카와 본인도 위기에 처해 있었다. 그 석궁의 화살이 가장 큰 증거였다.

"……안 돼요. 아버지와 어머니가 없는…… 이런 한 치 앞도 보이지 않는 나날을 살아가기 위해서는 아무리 어둡더라도 앞이 보이는 이 눈이 있어야 한단 말이에요."

그렇지 않다고 말하는 건 간단했다.

이런 일을 몇 년이나 하고 있으면 말재간은 자연스럽게 좋아진다.

설령 암흑 속에서 앞이 보이지 않더라도 네가 아이돌을 계속하는 이상은 팬이 휘두르는 빛나는 봉이 앞길을 비춰줄 것이 틀림없다고. 그런 식으로 듣기 좋은 말을 해주는 것 정도는 쉬운 일이었다.

하지만 사이카와는 분명 그런 말로는 구원받지 못할 것이다.

부모님이 돌아가시고 3년. 필사적으로 아이돌을 이어나가 팬 앞에 계속 서 있으면서도 지금 사이카와는 이렇게 권총을 쥐고 있었다.

그렇다면 사이카와에게 있어서 필요한 건 말이 아니었다.

그러면 대체 뭘까.

사이카와를 구할 수 있는 것은.

사이카와가 지금 가장 필요로 하는 것은.

그건, 그건——.

"우리 말이지, 이 일이 무사히 끝나면 바다에 갈 예정이야."

뒤에서 들려온 그 목소리는 곧이어서 내 옆에 섰다.

"그래서 말인데, 괜찮으면 사이카와 양도 함께 가는 건 어떤가 싶어서."

그 제안은 이 자리에서는 너무나도 어울리지 않았다.

총구가 서로의 이마를 겨누고 있는 긴박한 상황에서 대체 누가 바다로 놀러 가자는 이야기를 한단 말인가.

　탐정에게 필요한 것은 절대적인 논리, 그리고 때로는 무력이었다.

　나는…… 그리고 시에스타는 그 3년을 그렇게 해서 살아왔다. 싸워왔다.

　하지만 나츠나기는 달랐다.

　나츠나기의 본질은—— 격정.

　그것이 유일한 최강의 무기였다.

　자신이 아이돌이라는 것도, 사람에게 권총을 겨누고 있다는 사실도 잊고 멍하니 입을 벌리고 있는 사이카와를 향해.

　"그러니까 그렇지, 친구가 되지 않겠냐는—— 그런 말이었는데."

　세상의 그 어떤 아이돌보다도 눈부신 웃는 얼굴로 나츠나기는 웃어 보였다.

　"……어째서 그런 말을 하실 수 있는 건가요?"

　사이카와가 쥐고 있는 권총이 덜덜 떨렸다.

　"저는 당신들을 살해하려고 한걸요."

　"괜찮아, 우리는 그렇게 간단히는 죽지 않으니까."

　"거기에 줄곧 두 분을 속였는데……."

　"아이돌이잖니. 그것도 일이잖아?"

"그런 건 궤변이에요!"

"그렇네, 나도 방금 너를 속이려고 했어…… 그러니까 피차 일반이야."

"……그런 건 치사해요."

"응, 나 치사하거든. 그러니까 내 억지를 들어주지 않을래?"

그렇게 나츠나기는 어디까지나 자신의 바람이라고 주장하며 사이카와에게 조용히 손을 내밀었다.

그건 나도, 시에스타도 결코 따라 할 수 없는 방식이었다.

"이상해요, 나츠나기 씨…… 그런, 그런 건……."

"그래? 그치만 이상한 사람이 친구로 있으면 분명 즐거울 거야. 최근에는 그렇게 생각하고 있어."

그 말을 하면서 왜 나를 보는 거냐, 나츠나기. 어느 쪽이냐고 한다면 이상한 건 네 쪽이거든?

"가령…… 가령 친구가 되어도…… 되더라도 문제는 아무것도 해결되지 않아요. 해결은커녕 더더욱 폐를 끼치게 될 거예요."

"그건 아닐걸."

"예?──아."

사이카와가 떨면서 보인 한순간의 빈틈을 노려서 나는 사이카와의 손에서 권총을 빼앗았다.

"사이카와. 네가 그 녀석들에게 노려지고 있는 것처럼 나도 마찬가지야. 폐를 끼친다는 생각은 하지 마. 오히려 표적 친구라고. 이렇게 된 거 동맹이라도 맺는 편이 더 좋지."

나츠나기의 언뜻 듣기에는 어처구니없어 보이는 제안을 듣고

그 생각에 이르렀다.

　반대로 우리 세 사람이 대립 관계로 있는 건 적의 의도대로였으며…… 오히려 우리는 함께 있어야 했다. 공통된 적을 가진 동료로서.

　나에게는 쌓고 싶지 않아도 몸에 들러붙은 3년간의 경험이, 나츠나기에게는 최강의 DNA와 담력이 깃든 심장이, 그리고 사이카와에게는 모든 것을 내다보는 왼쪽 눈이 있었다. 서로 보완할 수 있는 부분은 분명 많을 것이다.

　"……도와주시는 건가요?"

　"그래, 도와줄게. 그러니까 사이카와도 우리를 도와줘."

　미안하지만 어느 사이엔가 나도 목숨의 위기였거든.

　겨우 열흘 전까지만 해도 현실에 안주한 삶을 살고 있었는데 나츠나기와 만난 뒤로…… 예전 파트너와 재회한 뒤로 이 꼬락서니였다.

　연루 체질은 낫기는커녕 매년 심해지고 있었다.

　아무래도 나는 또다시 그 녀석들과 한바탕할 수밖에 없는 모양이었다.

　그러기 위해선 지금 이상으로 사람과 힘이 필요해진다. 그러므로──.

　"그러니까 사이카와, 우리 동료가 되어 줘."

　그런 나츠나기와 나의 너무나도 단순하고, 소박하고, 서툴고, 직감적이고, 본능적인 설득을 들은 사이카와는──.

"예, 기꺼이."

이때의 사이카와는 분명 아이돌 사이카와 유이가 아니었다.
그건 평범한 열다섯 소녀의 순진무구한 웃는 얼굴이었다.

◆ 네가 바다에 가자고 했으니까

그 사이카와의 돔 라이브에서 일주일 남짓이 지나 학교는 여름 방학이 시작됐다.

곧바로 찾아온 장기 휴가. 그 두 사람과 나눈 약속을 실행하기에는 딱 좋은 기회였다. 일단 근처 바다에라도 갈까 생각하고 있었는데…….

"그럼 에게해를 향해 출발~!"

"스케일이 너무 크잖아!"

고고! 하고 기세 좋게 오른손을 치켜든 소녀를 향해 나는 하는 수 없이 태클을 걸었다.

"들어봐, 사이카와. 확실히 나와 나츠나기는 너에게 바다에 가자고는 했지만 그게 어째서 8일간의 선박 여행이 되는 건데. 네 머릿속 바다는 대체 어떻게 돼먹은 거야."

바다에 가자고 하면 보통은 이즈나 쇼난 부근이잖아. 그게 어째서 유럽…… 지중해…….

그러나 하얀 원피스 차림에 커다란 밀짚모자를 쓴 소녀——

사이카와 유이는 고개를 갸웃거렸다.

"예? 그치만 키미즈카 씨도 간다고 하셨잖아요. 거기에 그렇게 잔소리하셔 봤자 배는 이미 출항했으니까 긍정적으로 생각하자구요."

……사이카와의 말대로였다.

이곳은 이미 대해로 흔들리는 파도 위였다. 우리 세 사람은 여객선의 갑판에 서서 서서히 멀어져 가는 일본 열도를 바라보고 있었다.

"들었지? 우유부단한 남자는 인기 없어."

이번에는 나츠나기가 선글라스를 벗으면서 호전적인 시선으로 나를 들여다보았다.

숏팬츠에 상의는 헐렁헐렁한 티셔츠. 어깨에서 엿보이는 끈 같은 건 속옷인지 수영복인지. 이런 차림이 쓸데없이 잘 어울리는 녀석이었다.

"근데 나도 크루즈선에 타는 건 처음이라서 꽤 기대돼. 고마워, 유이야."

나에게는 쉽게 보여 주지 않는 웃는 얼굴로 사이카와에게 미소 지어 보이는 나츠나기. 그 사건 이후로 상당히 친해진 모양이었다.

"아니에요. 최소한의, 뭐랄까, 보답이에요. 제가 할 수 있는 건 이 정도밖에 없으니까요."

보답── 우리의 목숨을 위기에 빠트린 속죄.

물론 그 죄는 '사이카와 가문이 주최하는 호화 여객선 크루징

투어에 초대' 정도로는 용서받지 못할 일이었다. 사이카와도 그건 알고 있을 터였다. 그러므로──.

"우리와 함께 《SPES》와 싸워주기만 하면 더 할 말은 없어."

그런 약속을. 동맹 관계를 우리는 맺었다.

똑같이 그 녀석들에게 목숨을 위협받는 사이로서.

"예, 물론이에요. 제가 할 수 있는 일이라면 무엇이든지."

사이카와의 둥글고 커다란 검은색 눈동자.

그리고 안대 아래의 사파이어색 눈동자도 나를 똑바로 응시하고 있는 듯한 기분이 들었다.

"응? 키미즈카 씨, 왜 그러세요? 제 눈을 그렇게 빤히 바라보시고. ……아하~ 알았어요. 알아 버렸어요. 이번에야말로 정말로 유이냥의 포로가 된 거죠? 키미즈카 씨도 차암…… 후훗."

팔짱을 끼고 혼자서 고개를 주억거리는 사이카와.

그런 너무나도 순수하다고 할지, 단순한 소녀를 보고 나도 모르게 그만──.

"귀엽긴."

그렇게 말해버리고 말았다.

"후훗…… 후후, 후……후?"

그러자 득의양양하게 미소 짓고 있던 사이카와가 돌연히 굳어버렸다. 이윽고 올라가 있던 입꼬리가 서서히 우물거리기 시작하더니 왠지 모르게 뺨도 붉게 물들었고…….

"저, 저기……. 그런 직설적인 표현은 자제해 주셨으면…….

"야, 아이돌. 내성이 너무 없잖아."

남에게 하는 건 괜찮아도 자신이 당하는 것에 약하다는 건가…… 딱히 몰라도 되는 일면을 엿보게 되었다.

"스토옵!"

그리고 그다음 순간, 나와 사이카와의 사이를 손날이 가로질렀다.

"깜짝이야! 갑자기 뭐야, 나츠나기."

"……러브하고 코미디한 분위기가 느껴졌어."

"러브하고 코미디한 분위기라니."

"그런 것보다도! 진지한 이야기를 하자고!"

흥, 하고 귀엽게 콧김을 내뿜으며 나츠나기가 가슴 앞으로 팔짱을 꼈다.

"그 《SPES》라는 조직은 왜 이제 와서 유이에게 접촉한 거야?"

"아, 그렇네요. 어째서일까요?"

나츠나기가 사이카와를 보자 사이카와는 나를 보며 고개를 갸웃거렸다.

"왜 이제 와서냐니 그야…….."

그건 당연히, 하고 말하려다가 그만두었다.

……그렇군, 잘 생각해 보면 기묘하기는 했다.

사이카와가 《왼쪽 눈》을 손에 넣은 건 7년 전이라고 한다. 만일 《SPES》의 목적이 진정으로 눈의 파괴였다면 지금보다도 좀 더 이른 단계에서 행동으로 옮겼어도 이상하지 않았다. 그게 어째서 이 타이밍이었을까.

아니, 잘 생각해 보면 사이카와뿐만이 아니었다.

어째서 나도 지금에 와서 《SPES》에게 노려지게 된 거지?

시에스타가 죽고 지난 1년간 《SPES》는 나에게 전혀 관심을 보이지 않았다. 이름 없는 조수 나부랭이를 신경 쓸 시간 따위 없다는, 그런 측은한 판결이 내려졌을 터인 내가 어째서 1년이 지난 지금 또다시 그 녀석들의 표적이 된 것일까.

──그러나 여기까지 생각해 보면 자연스럽게 한 가지 추론이 도출된다.

"……아."

나츠나기가 뭔가를 깨달은 것처럼 작게 소리를 냈다.

나츠나기도 소거법으로 그 부분에 생각이 미쳤을지도 모른다.

그리고 그렇다면.

"글쎄다. 그런 제정신 아닌 녀석들의 사고방식 따위 알 게 뭐야."

나는 옅게 웃으며 나츠나기의 불안을 날려 주었다.

"……그렇구나."

"그래."

그도 그럴 것이 이런 건 어디까지나 추론, 가설에 지나지 않고…… 분명 진실이 아닐 것이다.

예를 들면 《SPES》의 진정한 목적이 사이카와도 나도 아니라 시에스타의 심장을 지닌 나츠나기였다거나. 그리고 조수였던 나와 접촉했다는 것을 알고 어떠한 위기감을 가지게 되었다는 식으로.

그런 건 있을 수 없는 일이다. 있어서는 안 되는 일이었다.

나츠나기의 인생이 그런 이유로 망가져서는 안 된다.

"뭐, 피할 수 없는 악과 마주치게 되었다는 것을 깨달았으니 어떻게든 헤쳐나갈 수밖에 없잖아."

그래서 나는 그런 가벼운 말로 이야기를 얼버무렸다.

실제로 이유가 어떻든 사이카와의 일로 우리는 제대로 지명수배가 되었을 것이 틀림없었다. 적이 직접 모습을 드러내지 않았으니 아마 이번에는 견제였겠지만…… 결과적으로 완전히 선전포고한 모양새가 되었다.

안주하던 일상에서 빠져나와야만 하는 날이 마침내 오고 말았다.

"한창 지명수배 중인 상황에서 태평하게 크루징을 와 버렸는데?"

내 무난한 결론에 납득해 줬는지 나츠나기가 장난스러운 포즈를 취해 보였다.

"지나간 일은 잊자고, 나츠나기."

아니, 하지만 오히려 이게 정답인 듯한 기분도 들었다. 왜냐하면 3년 전에도 그랬으니까.

3년 전에 나와 시에스타도 이렇게 일본을 뛰쳐나가 눈부실듯한 유랑의 여행에 나섰다. 그러므로 이건 분명 그날의 재현이며 정해진 숙명이다.

"뭐, 아무 일도 일어나지 않은 게 가장 좋지만."

혼잣말은 바닷바람을 타고 흘러 지나갔다.

그래, 알고 있다. 사실은 알고 있었다.

이렇게 많은 일이 겹쳤는데 이제 와서 아무 일도 일어나지 않는다는 형편에 좋은 일이 있을 리가 없었다.

　그리고 그 예감은 곧바로 적중되었다.

"——키미즈카?"

불현듯 나를 부르는 목소리에 돌아보았다.

그러자 그곳에는.

"샤르……?"

바닷바람에 휘날리는 건 선천적인 블론드 헤어.

서양인의 핏줄이 두드러지는 단정한 용모는 놀란 표정도 아름답게 보이게 하였다.

"……1년만인가."

"맞아…… 그 날 이후로 처음이네."

우리는 딱딱한 표정으로 서로를 바라보았다.

"키미즈카, 아는 사람이야?"

고개를 갸웃거리는 나츠나기에게 나는 이렇게 대답했다.

"그래, 샤르는 나의…… 우리의 예전 동료야."

이 녀석의 이름은 샬럿 아리사카 앤더슨.

지금은 없는 시에스타를 따르던, 그녀의 제자라고도 할 수 있는 인물이었다.

【a girl's monologue ②】

키미즈카에게 받은 나의 새로운 인생은 《명탐정》으로서 시작되었다.

그것도 평범한 탐정이 아니었다.

《인조인간》과 싸우는 탐정이었다.

……그렇지만 어쩌면 마음속 어딘가로는 불안했던 걸지도 모른다.

당연한 일이었다. 특별할 것 없던 내가 갑자기 그런 큰 역할을 짊어질 수 있을 리가 없었다.

적어도 한 사람 더. 누군가에게 그 역할을 인정받지 못하면 나는 새로운 나로 살아갈 수 없을 듯한 기분이 들었다.

그렇게 새로운 자신으로 다시 태어날 결의를 한 그날 밤에── 나는 꿈을 꾸었다.

그건 한때 진짜 명탐정으로서 세계의 적과 싸워왔던 이의 꿈이었다.

꿈속의 그녀는…… 시에스타 씨의 성격은 나와는 정반대로 느껴졌다.

실제로 그녀가 그랬는지는 알 수 없지만…… 아니, 키미즈카의 이야기를 들은 바로는 대체로 맞지 않았을까?

아무튼 이지적인 그녀와 직감형인 나.

정반대의 사고방식을 가진 우리는 꿈속에서 언쟁하다 못해 대판 싸우고 말았는데 그건 참으로 볼썽사나운 진흙탕 싸움이었다.

그렇지만 마지막에 이긴 건 나였고(시에스타 씨 쪽이 어른이라 스스로 물러났을 가능성도 있기는 하지만 진상을 밝히는 건 그만두기로 했다. 주로 내 명예를 위해서), 최종적으로 시에스타 씨는 키미즈카를 나에게 맡긴다고 해줬다(아니, 딱히 키미즈카를 두고 싸운 건 아니었지만 자세한 이야기를 하는 건 그만두겠다. 주로 시에스타 씨의 명예를 위해서).

아니, 뭔가 농담처럼 말해 버렸지만 그건 나에게 큰 의미가 있었다.

이걸로 나는 명실상부하게 명탐정이 될 수 있었다.

마침내 특별해질 수 있었다.

──반대로 말하자면 실패는 용납되지 않는다.

특별할 것 없는 자기 자신은 싫었다.

더는 아무것도 없는 그 시절로는 돌아가고 싶지 않았다.

그 암흑만큼은 더는──.

【1 year ago one day】

"마담! 어째서 제가 이런 남자와 버디를 짜야 하죠!?"

흔들리는 소형선 위.

그렇지 않아도 불쾌한 환경 속에서 그 날카로운 목소리가 내 두통을 악화시켰다.

갑판에 있는 건 세 사람.

나, 시에스타, 그리고 아까부터 어린애처럼 우는소리를 하는 샤르.

우리는 어떤 목적을 수행하기 위해서 지금 이렇게 바다를 건너고 있었는데…… 시작부터 암초에 좌초된 모양이었다.

"키미즈카와 버디를 짤 정도라면 지금 이 자리에서 바다로 뛰어드는 편이 훨씬 나아요!"

말이 보통 심한 게 아니었다. 하지만 뭐 이것도 익숙해지기는 했다.

나는 단 한 번도 언짢지 않은 이 녀석을 본 적이 없었다.

"일시적인 전략이야, 샤르."

한편, 마담이라고 불린 소녀── 시에스타는 여전히 아무렇지도 않은 표정으로 내뱉었다.

"이제까지도 이런 작전은 몇 번인가 있었잖아?"

"있었지만 납득했던 적은 한 번도 없었어요!"

"그랬었나?"

"그랬어요!"

"그건 몰랐는걸."

거친 파도 위에서 찻잔을 기울여 홍차를 홀짝이는 시에스타. 샘날 정도로 그림이 되었다.

"이 남자가 나타나기 전까지는 제가 마담의 파트너였는데."

그렇게 말하며 나를 날카롭게 노려보는 샤르. 어휴, 무서워라.

"파트너라고는 해도 때때로 일을 받았던 것뿐이잖아."

"으……."

내가 그렇게 말하자 샤르는 말문이 막힌 것처럼 시선을 떨어뜨렸다.

"하, 하지만. 그래도 나는…… 마담의 첫 번째 제자라는 생각으로……."

샤르는 시에스타를 존경을 담아서 마담이라고 불렀다.

샬럿 아리사카 앤더슨.

나와 동년배인 미국인과 일본인 핏줄의 소녀.

군인인 부모로부터 엄격한 교육을 받아왔던 샤르는 각종 조직을 전전하며 그 나이로 다양한 군사 임무를 수행하고 있었다. 그중 하나기 《SPES》와의 교전으로, 시에스타의 요청으로 팀에 참여하는 일도 종종 있었다.

그 직함은 경호관이거나 스파이거나 군인.

하지만 본인으로서는 시에스타의 체차가 가장 와닿는 모양이
었다.

"응. 확실히 샤르에게는 도움을 많이 받았어. 언제나 고마워."

"마담……!"

"이리 오렴."

강아지처럼 시에스타의 곁으로 달려가 무릎에 딱 달라붙는 샤
르.

시에스타는 샤르의 블론드를 손빗으로 쓸어 넘겨주며 부드럽
게 쓰다듬었다.

"후후."

만족스럽게 미소 짓는 샤르. 그리고 그 시선은 점점 나에게 향
했고.

"……흣."

"아니, 안 부럽거든."

어째서 의기양양한 표정인 건데. 바보냐.

"뭐, 너희가 좀 더 사이좋게 지내준다면 나도 여러 가지로 일
하기 편해지는데 말이지."

한동안 샤르의 머리를 쓰다듬고 있던 시에스타는 이윽고 쓴웃
음처럼 말했다.

"아! 그랬어요!"

이어서 샤르가 시에스타의 무릎에서 벌떡 일어났다.

"저는 아직 키미즈카와 둘이서 행동하는 것에 납득하지 못했
어요!"

시에스타의 손길에 그걸 까맣게 잊었던 모양이다.

"샤르, 시에스타를 너무 곤란하게 하지 마. 이제 시간도 없으니까."

"……그쪽한테 애칭으로 불리고 싶지는 않은데."

이제 와서 그 소리냐.

참 나, 생긴 건 어른스러우면서 내용물은 그냥 애였다. 그렇게 시에스타를 나에게 빼앗기는 게 싫은 건지. ……아니, 딱히 내 것도 아니기는 한데.

"알겠어? 너희 두 사람은 완벽하지 않아."

상황을 수습하기 위해서 시에스타가 타이르는 것처럼 말했다.

"그렇기에 서로의 약점을 보완하며 협력할 필요가 있어."

"약점이라…… 딱히 떠오르는 건 없는데."

"너는 바보야?"

나왔다. 시에스타가 나를 힐난할 때 곧잘 입에 담는 말버릇이었다.

"너는 완두콩도 못 먹고 겨울 아침에는 나보다도 아침에 일어나질 못해. 가루약을 먹을 때는 언제나 얼굴을 찌푸리고 비둘기나 까마귀가 있는 길은 돌아가서라도 피하려고 하지. 이래도 약점이 없다고 할 수 있어?"

"……그런 게 약점이라고 너한테 말한 적은 없다만."

"말하지 않아도 그 정도는 알고 있어. 그 정도로 함께 있었으니까."

그러냐.

뭐, 그래도 그 정도로 해줘. 샤르가 불만스럽게 뺨을 부풀리고 있으니까.

"그래서? 역할 분담이라는 이야기야?"

"맞아. 예를 들면 너는 머리는 비상하지만 유감스럽게도 체력은 굼벵이 이하야. 전투에는 전혀 어울리지 않지."

"……그러십니까."

좋지 않은 예감이 들어서 샤르 쪽을 엿보니 아니나 다를까 나를 보며 "푸풉." 하고 웃고 있었다. 이 자식이.

"한편 샤르는."

"예!"

"전투 실력은 확실하지만 사실 터무니없이 머리가 나빠."

"뭐라고요!?"

"푸풉."

"키미즈카 웃었지!? 방금 나를 비웃었지!? 죽일 거야, 지금 당장 이 자리에서 쏴 죽여 주겠어!"

"수준 낮은 다툼은 그만두도록."

"아얏!?"

"흐앙!?"

나란히 머리를 손날로 얻어맞았다. 젠장, 나는 잘못하지 않았는데.

"그러니 이번 작전은 너희 두 사람이 협력해서 극복해 줬으면 해."

이번 작전이란── 《SPES》가 실효 지배하는 어떤 해역의 섬에 유폐된 동료를 탈환하는 것이었다. 실패는 결코 용납되지 않았다.

"하지만 그러면 마담이 혼자가 되는데……."

확실히 샤르의 걱정은 지당했다.

나와 샤르가 버디를 짜게 되면 시에스타는 필연적으로 단독행동을 하게 된다.

그러나 시에스타는.

"얕보면 곤란한데. 나에게는 샤르의 열 배나 되는 무력이, 그리고 조수의 백배나 되는 두뇌가 있으니까. 너희가 걱정할 필요는 없어."

뭔가 내 쪽이 부당하게 낮은 평가를 받은 듯한 기분이 들었지만 일단은 그렇다고 치자. 이번 작전에서 내 두뇌를 보여 줘서 그 평가를 고치게 해 주지.

그렇게 시시한 생각만 획책했던 탓일까.

이어서 시에스타가 한 말의 진정한 의미를 내가 깊게 생각하는 일은 없었다.

"그러니 둘이서 사이좋게 지내—— 앞으로도 쭉."

그리고 그날 명탐정은 죽었다.

【제3장】

◆ 어제의 적은 오늘도 적

"이제 와서 재회할 거라고는 생각 못 했어, 키미즈카."

호화 여객선의 갑판 위.

나츠나기, 사이카와와 대화하는 가운데에 끼어든 건 샬럿 아리사카 앤더슨으로, 시에스타가 죽은 그 날 이후로 1년 만의 재회였다.

"그래, 나도 놀랐어. 잘 지냈어?"

"당신에게 그런 걱정을 받을 이유는 없는데."

그러냐. 여전해서 반대로 안심될 정도였다.

그렇게 농담으로 답하려고 했는데.

"……반대로 당신은 지금까지 대체 뭘 하고 있었던 거야?"

불현듯 샤르의 목소리 톤이 한 단계 내려갔다.

커다란 눈에서는 날카로운 안광이 흘러나오고 있었다.

"지금까지?"

"마담이 죽고 나서 지금까지 말이야."

샤르가 입술을 깨물었다.

미인인 건 여전했지만 옛날과 비교해서 표정이 조금 딱딱해진 것처럼 보였다.

"뭘 했냐고 물어보면…… 아무것도 안 했는데."

나는 지난 1년간을 떠올리며 솔직하게 대답했다.

설령 뭔가 행동을 했더라도 그건 지극히 최근이 되어서였고…… 나츠나기와 만나고 난 뒤의 일이었다.

"그래, 그렇겠지."

그러자 샤르는 예상대로라는 것처럼 비웃는듯한 말투로 말했다.

"날치기꾼을 붙잡고, 미아가 된 개와 고양이를 찾으러 돌아다니고, 지역 경찰에게 표창받고…… 그런 걸로 영웅 행세를 하는 거야?"

알고 있었나. 내가 일상에 안주하고 있었던 것을.

"키미즈카——마담의 일을 이어받을 생각은 없었어?"

……그렇군, 샤르는 줄곧 그 말이 하고 싶었던 건가. 그 말이 하고 싶어서 지난 1년간 줄곧 내 동향을 알아본 것이겠지. 예전에도 후우비 씨에게 비슷한 소리를 들었던 것으로 기억한다.

그렇지만 그 말에 대한 내 대답은.

"그 3년 동안 나는 그저 조수일 뿐이었어. 내가 할 수 있는 건 돕는 것뿐."

그 도와야 할 대상이 사라진 것이다.

내가 할 수 있는 일은 아무것도 없었다.

"……그래. 키미즈카는 마담의 조수야. 유일한 조수였단 말이야."

그러니까──.

그 중얼거림은 바닷바람에 실려 먼 곳으로 흘러갔다.

샤르의 기다란 눈썹이 뭔가를 생각하는 것처럼 천천히 내려갔다.

"그래서? 그럼 이제 와서 이런 곳에 무슨 용건이 있는 건데?"

이윽고 당당한 평소 표정으로 돌아간 샤르가 나에게 물었다.

"이곳에 무슨 용건이냐니, 그야 크루징이지."

"……그래, 그것도 모르는 거구나."

내 말에 샤르는 어이없다는 것처럼 한숨을 쉬었다.

"그럼 당신은 우연히 이 배에 탔을 뿐이라는 거야?"

"……이 배에 뭔가 있어?"

사이카와에게 시선을 보내 보지만 고개를 크게 내저을 뿐이었다. 짐작 가는 구석이 전혀 없는 모양이었다.

"마담의 유지야."

"뭐?"

"마담은 죽기 바로 직전에 《SPES》를 타도하기 위한 유지를…… 유산을 세계 곳곳에 남겼어. 그리고 그중 하나가 이 여객선에 잠들어 있지. 해석에 시간이 걸렸지만 확실한 정보야."

해석팀은 나와는 다른 조직이지만, 하고 샤르는 덧붙였다.

샤르가 그쪽 방면의 일에 적성이 없다는 건 기억하고 있었다.

시에스타에게도 곧잘 놀림받았으니까. 하지만——.

"시에스타의 유산이 이 배에……."

샤르는 그걸 찾으러 이 배에 탔다는 건가.

그리고 오늘 나도 우연히 같은 여객선에 타고 있었다.

——우연? 정말로?

"하지만 그것도 마담의 유지를 이어받을 생각이 없는 당신과 는 상관없는 이야기야. 평생 그렇게 현실에 안주하며 살아."

그런 말을 남기고 샤르는 자리를 뒤로하려고 했다.

"아니, 잠깐 기다려 봐. 샤르……."

"나는 이제 1년 전의 내가 아니야."

마담을 구하지 못했던 내가 아니야.

그렇게 말하며 샤르는 나와…… 아니, 분명 과거의 자신과 결 별을 선언했다.

"그 유지라면 내가 이어받았으니까."

멀리 떨어진 섬에까지 울려 퍼질 듯한 또렷한 목소리였다.

나츠나기는 내 앞으로 나와 샤르와 정면으로 대치했다.

"당신은?"

"나는 나츠나기 나기사—— 명탐정이야."

험악한 분위기. 두 사람의 시선이 마주치며 차가운 불꽃이 튀 었다.

"나츠나기 나기사——?"

샤르는 턱에 손을 대며 작게 중얼거리고는.

"그래, 당신이구나."

샤르의 시선이 나츠나기의 심장으로 향했다. 그건 시에스타에 관한 정보 중에서도 최중요 사항일 터였다. 샤르 또한 그걸 알아낸 것인가.

"탐정 놀이라면 다른 데 가서 해줄래? 마담의 목숨을 이용한 소꿉장난을 내 앞에서 보여 주지 마."

차갑게 내뱉는 샤르. 눈빛이 노여움으로 물들어 있었다.

"소꿉장난이 아니야!"

나츠나기는 왼쪽 가슴에 손을 얹으며 반박했다.

"이 목숨을 받은 것에는 반드시 의미가 있을 거야! 그녀가 나에게 맡긴 의미가! 그러니 내가 그 유산을 찾아내 보이겠어—— 이 심장에 맹세코!"

그건 예전에 나에게도 말했던 선언처럼 격렬하고 열기를 띤 선전포고와도 같은 것이었다.

샤르는 그런 나츠나기에 압도된 것처럼 한순간 눈을 크게 떴지만.

"——그래? 마음대로 해."

그러나 곧바로 몸을 빙글 돌렸다.

"당신은 마담의 대역을 해낼 수 없어. 마담의 유지는 내가 이어받을 기야."

멀어져가는 등을 향해 할 수 있는 말은 이제 아무것도 없었다.

"아…… 가 버리셨네요……."

무거워질 듯한 분위기가 싫었는지 곧바로 사이카와가 입을 열었다.

"저기, 죄송해요. 제가 두 분을 이 배에 초대하는 바람에 이런 일이……."

"아니, 사이카와는 잘못한 거 없어."

나는 곧바로 부정했다. 모처럼의 친절이 이쪽의 사정으로 엉망진창이 되는 건 참을 수 없었다.

"뭐라고 할까, 불운한 우연이 겹쳤을 뿐이야."

그렇게 입 밖으로 내며 자신도 납득시켰다.

"나츠나기도 미안해. 이상한 일에 말려들게 해서."

"…………."

"……나츠나기?"

돌아보자 나츠나기는 두 손을 주먹을 쥐고 뭔가 어깨를 떨고 있었는데…….

"으으으으으으으으으으으! 아아아아아아아아아아아아아!"

이윽고 얼굴을 새빨갛게 물들인 채 자신의 양쪽 무릎 부근을 몇 번이나 강하게 주먹으로 내려치기 시작했다.

"키미즈카 씨, 이건 외국 부족의 인사 같은 건가요?"

"나도 몰라…… 가장 가까운 건 고릴라라고 생각하는데……."

"고릴라인가요…… 정식 학명이 고릴라 고릴라 고릴라인 그 고릴라인가요……."

"그래, 그 고릴라야…… 혈액형이 전부 B형인 그 고릴라……."

"고릴라 고릴라 시끄럽거든!?"

이윽고 고릴라……가 아니라, 사과처럼 얼굴이 붉어진 나츠나기가 지금은 떠나고 없는 누군가를 향해 불평불만을 쏟아냈다.

"아, 열 받아! 뭐가 소꿉장난이라는 거야! 내가…… 내가 무슨 심정으로……!"

그래, 알고 있어. 네가 진심이라는 것 정도는.

그 자리에 악이 있었다고 한다면── 그건 바로 나였다.

시에스타의 유일한 조수면서 그 역할을 완수하지 못했다.

그리고 시에스타의 유지를 이어받을 의지도 지니지 못했던 나의 죄였다.

샤르에게 미움받는 것도 당연한 일이었다. 질책받아야 하는 건 나츠나기가 아니라 나였다.

"반드시 내가 찾아낼 거야── 그녀의 유산을!"

하지만 나츠나기는 역시 그렇게 말하며 홀로 눈을 가늘게 뜨고 있었다.

그 주먹은 굳게 쥐어져 있었다.

"너무 열이 오른 거 아니야?"

"어……? 그런가……?"

"수영장 가서 몸을 좀 식히는 건 어때. 그 뒤에도 늦지 않잖아. 그렇지, 사이카와?"

"……! 예! 워터 슬라이드도 있어요!"

역시 사이카와 가문 소유의 호화 여객선이었다. 이걸로 나츠나기도 수영복을 새로 산 보람이 있겠지.

"키미즈카도 올 거야?"

"……어, 나는."

잠시 생각하고 나서 역시 나는.

"미안, 할 일이 좀 있어서."

그래, 맞다.

정말로 쿨다운이 필요한 건 내 쪽이었다.

"……그렇구나."

나츠나기는 어째서인지 살짝 시무룩하게 어깨를 떨구었지만 그래도 깊게 추궁하지는 않고 사이카와를 보고 나란히 등을 돌렸다.

"그럼 나중에 봐."

"그러면 키미즈카 씨, 이 눈에 확실하게 나기사 언니의 몸을 새겨두고 올게요!"

"……유이야, 역시 함께 수영장에 들어가는 건 그만두지 않을래?"

◆이곳은 지옥, 꿈의 나라

수영장으로 향한 나츠나기, 사이카와와 헤어진 나는 한동안 갑판에 서서 생각을 하고 있었다.

1년 만에 재회한 과거의 적.^{동료}

이 오랜만의 해후를 우연으로 치부하는 건 간단했다.

하지만 그래서는 안 된다는 것을 지금의 나는 알고 있었다.

그 심장에 관련된 일을 통해 나는 나츠나기에게 배웠다——사람의 마음을, 사람 사이의 만남을, 우연이라는 하늘에 기대기만 할 뿐인 무책임한 말로 정리해서는 안 된다는 것을.

이 일련의 만남과 재회에는 전부 의미가 있다고 생각해야 한다.

그런 식으로 생각을 정리하면서 나는 어떤 장소로 걸음을 옮겼다.

지금 내가 해야 하는 건 대화를 나누어야 하는 상대와 제대로 대화를 나누는 것부터였다. 그리고 그 상대가 있는 장소는……뭐, 알고 지낸 세월이 어느 정도는 길어서 예상은 되었다.

그렇게 넓은 선내를 나아가 한층 커다란 문을 열자——.

"하하, 이거 오랜만인걸."

먼저 눈에 들어온 건 죽 늘어선 슬롯머신이었다.

그리고 안쪽의 룰렛과 바카라를 즐길 수 있는 녹색 테이블에서는 딜러가 게임을 운영하고 있었다.

호화롭고 현란한 주지육림.

이곳은 사람의 욕망이 소용돌이치는 꿈의 낙원^{지옥}—— 카지노였다.

일본에서는 법으로 금지되어있는 카지노였지만 일단 바다로 나가 버리면 그 족쇄로부터도 해방된다.

……그나저나 오랜만이었다.

라스베이거스에 마카오와 싱가폴. 몇 년 전에 시에스타와 세상을 돌아다니던 시절에는 이러한 도박에도 손을 댔다. 몇 푼

안 되는 돈으로 가끔 대박을 친 날에는 시에스타와 둘이서 호화롭게 놀았지.

호화롭게 놀았다고 한다면 그 밖에도 언젠가 마시지도 못하는 술을 둘이서 마시고 만취해서…… 아니, 그 이야기는 그만두자. 그건 그렇지, 분명 젊은 혈기 때문이다.

그런 과거의 이야기는 제쳐 두고.

지금 중요한 건 그 녀석이 이 자리에 있느냐는 건데…… 좋아, 예상대로다. 바로 발견했다.

"으, 어째서…… 이걸로 나만 17연패……."

포커 테이블에서 고개를 푹 숙이고 있는 그 녀석은 자랑하는 블론드가 마치 만화 속 캐릭터처럼 흐트러져 있었다.

"으윽, 이건 말도 안 돼. 한 번 더…… 한 번 더 할 거야!"

하지만 그럼에도 질린 기색도 없이 20달러 지폐를 지갑에서 꺼내어 딜러에게 칩으로 교환 받으려고 했다.

"바보야, 뭐 하는 거야."

참 나, 이 이상은 가만히 보고 있지 못하겠다. 나는 금발을 손날로 내리쳤다.

"누, 누구야!?"

놀란 것처럼 어깨를 들썩인 그 녀석은 이윽고 어색한 움직임으로 나를 돌아보았다.

"눈물 뽑을 때까지 도박하는 바보가 세상에 어디 있냐."

그 자리에는 두 눈 가득 눈물을 머금은 샤르가 앉아 있었다.

"우으으으으, 키미즈카, 못 이기겠어……."

"아까 우리에게 싸움 걸었을 때의 위세는 어디로 간 건데……."

뭐, 애초에 샤르라는 소녀는 원래 이런 느낌이었다.

시에스타와 관련된 이야기가 되면 물불을 가리지 않는 구석이 있기는 하지만 기본적으로는 나이에 걸맞은…… 아니, 외모가 어른스러워 보이는 만큼 앳된 언동이 상당히 눈에 띄었다. 오해를 불사하고 말하자면 칠푼이, 시에스타의 말을 빌리자면 바보 예비군이었다.

……내가 한 말은 아니다. 시에스타의 평가였다.

"왜 포커 같은 걸 치고 있는 거야."

"……그치만 마담의 유산이라고 할 정도니까 카지노에서 연승하면 뭔가 경품 비스무리한 게 나올까 싶어서……."

"그렇군, 역시 그냥 바보였어."

뭐, 그 덕분에 위치가 금방 예상되었지만.

"바보라니 뭐가!"

"시에스타가 널 잘 보고 있었다는 말이야."

"어? 마담이 나를 잘 보고 있었다고? ……헤헤."

헤헤는 무슨. 울다가 화내다가 웃다가, 참으로 어수선한 녀석이었다.

"잠깐 비켜 봐."

"어?"

나는 샤르 대신 젊은 여성 딜러의 앞에 앉았다.

"잃은 만큼은 되찾아 줄 테니까."

"……대, 대신 나에게 뭔가 요구할 거지?"

몸을 끌어안으며 뒷걸음치는 샤르. 그러니까 바보 소리를 듣는 거라고.

"잠시 이야기만 나눌 수 있으면 돼."

"……이야기?"

"뭐, 자세한 건 나중에. 또 좀 전의 갑판에서라도."

그렇게 말한 나는 20달러 지폐를 딜러에게 건넸다.

"뭐, 보고 있으라고. 옛날부터 포커는 그럭저럭 잘 쳤으니까."

너와의 차이를 어딘가의 명탐정에게 보여 주지.

◆ 그러므로 나는 탐정은 되지 못한다

"아니, 왜 지는겨."

갑판에 서서 멍하니 바다를 바라보고 있으니 평소에는 생각도 못 할 말투의 태클이 무릎 근처에서 들려왔다.

목소리의 주인은 나에게 등을 돌린 채 난간에 기대어 있었다.

"응? 그렇게 폼 잡아 놓고 지는 사람이 있어? '옛날부터 포커는 그럭저럭 잘 쳤으니까' 하고 자신만만하게 말해놓고 왜 지는 건데."

다리를 끌어안고 앉아 있던 샤르는 놀리는 듯한 시선으로 나를 올려다보았다.

"시끄럽거든. 나도 뭔가 잘될 것처럼 느껴졌단 말이야……."

결과부터 말하겠다.

카지노는 참패였다.

인간이란 생물은 아무래도 과거를 미화하는 경향이 있는 듯했다.

유심히 생각해 보니 카지노에서 대박을 친 것도 포커를 잘 치던 것도 내가 아니라 시에스타였다. 요컨대 나는 그 녀석에게 빌붙어 있었던 것에 지나지 않았다는 말이다. 세상에 이런 함정이 다 있나.

"아니, 너무 추하잖아. 게다가 나보다도 흥분해서 가진 돈 전부 쏟아부었고. 바보지? 농담이 아니라."

"무진장 후회하고 있으니까 상처를 후벼 파지 말라고……."

하아, 나츠나기가 수영장에서 돌아오면 돈 좀 빌려야겠다. 부끄러움을 무릅쓰고.

아, 맞다. 이럴 때야말로 사이카와인가. 역시 돈 많은 친구는 있고 볼 일이었다.

"후후, 아니, 그래도 꽤 재밌었던 것 같아."

혹시 그런 개그였어? 샤르는 그렇게 말하며 푸풉, 하고 보란 듯이 웃었다.

생각해 보면 1년 만에 본 웃는 얼굴이었다.

우리는 한동안 조용히 웃었다.

"──그래서? 할 이야기가 뭔데?"

바람이 불었다. 그건 이 부드러운 분위기를 바꾸는 바람이었다.

"시에스타 이야기야."

나는 뱃전의 난간에 팔을 올리고 바다를 바라보면서 대답했다.

"……그 이야기라면 아까 끝났잖아."

"네가 일방적으로 끝낸 것뿐이잖아. 커뮤니케이션의 기본은 주고받기라고."

샤르와는 이제까지 치고받기만 했으니까 말이지.

"마담의 조수면서 마담의 유지를 이어받으려고 하지 않았던 남자와 이제 와서 무슨 이야기를 하라는 거야."

샤르의 목소리가 또다시 차갑게 변했다.

역시 샤르에게 그건 결코 양보할 수 없는 부분이었겠지. 시에스타의 조수로 선택받은 내가 시에스타가 죽은 뒤에 그 의지를 이어받으려고 하지 않았다는 것. 싸워야 하는 존재에게서 눈을 돌린 채 일상에 안주하고 있었다는 것.

그리고 그런 나를 다른 누구도 아닌 나 자신이 가장 혐오하고 있었다는 것.

그래. 그러니까 분명 샤르는——.

"미안해. 걱정 끼쳐서."

^{동료}
적인 나를 줄곧 걱정하고 있었다.

"……멋대로 해석하지 말아줬으면 하는데."

"내가 실린 신문 기사까지 전부 찾아 읽고."

"……우, 우연히 눈에 들어온 것뿐이야."

"이렇게 일부러 나와 만나러 와주고."

"……그러니까 우연이라고 했잖아!"

"아얏!?"

앉아 있는 샤르의 주먹이 내 무릎 부근에 박혔다. 너무 놀렸나.

하지만 어쨌든 샤르에게 걱정을 끼친 건 확실하겠지.

샤르에게 미안했다.

"하지만 그렇지. 솔직하게 사과한 것을 봐서 한 번만 기회를 줄게."

"기회?"

일어선 샤르가 내 옆에 서며 말했다.

"어째서 마담 대신 탐정이 되려고 하지 않았던 거야?"

에메랄드처럼 빛나는 눈동자가 도망을 용납하지 않았다.

이제 와서 거짓말을 할 수도, 얼버무릴 수도 없었다.

"……그 녀석은. 시에스타는 나에게 말했어."

나는 4년 전 그날의 일을 떠올렸다.

상공 1만 미터의 하늘.

박쥐에게 하이재킹된 그 여객기에서 시에스타는 나에게——.

『너, 내 조수가 되어 줘.』

그렇게 말했었다.

"그러므로 나는 탐정은 되지 못해. 4년 전에도. 그 녀석이 죽은 지금도. 분명 앞으로도. 나는 줄곧 그 녀석의—— 명탐정의 조수로 있을 거야."

나는 그 녀석이 될 수 없다.

하지만 그 녀석을 위해 살아갈 수는 있었다.

"……바보구나."

샤르는 어딘가 쓸쓸하게 입꼬리를 들어 올렸다.

"정말로 과거에 얽매여 있는 건 내가 아니라 당신 쪽이잖아."

그럴까. 그럴지도 모르겠다.

나는 분명 지금도 시에스타를──.

"뭐, 좋아."

샤르는 불현듯 웃더니 앞으로 시선을 돌려 멀리 떨어진 바다를 바라보았다.

"당신은 당신의 방식대로 마담의 유산을…… 자신의 대답을 찾도록 해."

나는 내 방식대로 할 테니까.

그렇게 말한 샤르는 굳게 입을 다물었다.

나는 목 언저리까지 올라왔던 고맙다는 말을 삼키며 미안해, 하고 대답했다.

"그나저나 유산인가……."

나는 새삼 시에스타가 이 배에 남겼다는 유산을 생각해 보았다.

"그런데 샤르가 그 정보를 파악했다는 말은 어쩌면 적도 마찬가지일 수도 있지 않을까?"

"《SPES》도 그렇다는 거야?"

"그래."

정보전이라면 그 녀석들도 결코 뒤지지 않았다. 특히 《SPES》에게 시에스타는 최대의 적 중 하나였을 터였다. 그런 시에스타가 뿌린 씨앗이 있다는 걸 안다면 분명 그 녀석들도…….

"그럴 가능성은 확실히 있어. 뭐, 일단 생각해둔 게 없는 건 아니긴 한데……."

"……새, 생각해둔 게 있다고? 샤르, 네가……?"

"……그렇게 나랑 싸우고 싶은 거야?"

샤르는 그렇게 말하며 허리 부근의 권총집을 슬쩍 드러냈다.

최근에 만나는 소녀들이 죄다 권총을 상비하고 있는 건 대체 어떻게 되어 먹은 걸까.

"말했잖아. 나는 이제 1년 전의 내가 아니라고."

그런 식으로 우쭐한 모습은 1년 전과 별반 달라지지 않았는데 말이지.

"아, 그러고 보니. 키미즈카, 오늘부터 네 방을 빌려줘."

"뭐? 내 방은 왜. 투어에 참가했으니 자기 방이 있을 거 아냐."

"그런 거 없어."

샤르는 진지한 얼굴로 고개를 갸웃거렸다.

"그도 그럴 게 밀항했는걸."

"밀항한 걸 당당하게 말하지 말라고!"

그러고 보니 이 녀석은 잠입도 특기였던가…… 아니, 그보다 도박에 쓸 돈이 있었으면 돈 내고 타라고.

"그렇게 되었으니 방 열쇠 줘."

"그런 불합리한 게 어딨어. 그보다 너 배에는 어떻게 탄 건데. 광학미채라도 쓴 거냐."

"후후, 그건 기업 비밀이야."

어째서인지 자랑스럽게 가슴을 펴는 샤르. 옷이 찢어질 것 같으니 계속해줬으면 좋겠다.

"그나저나 광학미채라……."

그렇게 한차례 뽐낸 샤르는 이어서 턱에 손을 대며 뭔가를 작게 중얼거렸다. 어른스러운 용모도 있어서 이런 고심하는 표정은 무척 그림이 되었지만 옛날부터 이런 표정을 짓고 있을 때의 샤르는 '오늘 저녁은 뭐 먹을까⋯⋯.' 같은 생각밖에 하지 않았으니까 그다지 참고가 되지는 않았다.

"저기, 키미즈카."

그리고 고민하던 샤르가 고개를 획 들더니 이런 질문을 했다.

"바다 위에서 하선하는 방법은 있을까?"

◆ 열두 시 전의 신데렐라

알 수 없는 질문을 남긴 샤르와 헤어진 나는 그 뒤에 수영장에서 돌아온 나츠나기, 사이카와와 합류했다.

모인 뒤에 셋에서 '시에스타의 유산'을 찾아 넓은 여객선을 둘러보았지만⋯⋯ 애초에 그 유산이라는 것이 구체적으로 무엇을 가리키는 건지부터가 전혀 알 수 없었다. 당연히 수색은 난항에 빠졌고 그러는 사이에 해가 졌기에 일단 레스토랑에서 저녁 식사를 하기로 했다. 그러나 사이카와는 이 투어의 주빈으로서 인사하러 돌아다니느라 바빠서 나와 나츠나기 단둘이 식사하게 되었다.

"뭔가 이상한 기분이야."

선내에 있는 프렌치 레스토랑의 테이블석.

포크와 나이프로 연어 뫼니에르를 썰며 나츠나기가 말했다.

"뭐가?"

"이렇게 키미스카와 마주 보고 앉아서 단둘이 밥을 먹고 있는 게."

"싫다고?"

"그런 말은 안 했잖아."

그렇게 흘겨보는 표정도 꽤 귀엽게 보였다.

성격도 조금만 더 귀여워진다면 좋겠는데.

"그럼 뭔데. 나와 단둘이 저녁 식사라니 마치 데이트 같다는 기특한 소리라도 하려고?"

"……무일푼인 입장에서 용케 그런 말이 나오네."

"……그 점은 변명의 여지도 없군."

사이카와의 친절이 없었다면 이곳의 식사비도 내지 못하고 평생 이 배에서 무보수로 일하게 되었겠지. 도박은 무섭구나.

도박이라고 하니 생각났는데, 아까 샤르와 있었던 일도 말해 두는 편이 좋을까. 오늘 아침에는 서로 공격적이었던 두 사람이지만 샤르도 사실 그렇게 나쁜 녀석이 아니라고 말해 둬야겠지.

"나츠나기, 밥 먹고 나서 할 일 있어?"

"어? 아니, 딱히. 샤워하고 잘 뿐인데."

"그래? 그러면 하고 싶은 이야기가 좀 있는데."

"이야기? 이야기라면 그냥 지금 여기에서 해도……."

"아, 여기서는 좀 말하기 힘든 내용이라서."

《SPES》에 관한 이야기이기도 하고 민감한 내용도 언급하게 되니까 말이지. 될 수 있으면 사람이 적은 장소를 고르고 싶었다.

"저쪽에 바가 있었지? 한 시간 뒤에 와 줄 수 있어?"

"어…… 나 혼자서? 키미즈카와 단둘이?"

"그렇게 되겠네."

사실은 사이카와에게도 이야기해 둬야 할 내용이었지만 지금은 주빈으로서 바쁜 모양이니 나중으로 미루자.

"그, 그래? 단둘이 바에서 이야기…… 다른 사람들의 귀에 들어가지 않았으면 하는 내용……."

뭔가 입을 우물우물하는 나츠나기. 고개 숙인 얼굴은 어째서인지 붉어져 있었다.

"사, 상관은 없는데. ……응, 그럼 한 시간 뒤에."

그렇게 말하고 나서 이번엔 남은 뫼니에르를 포크로 찔러 한입에 먹고는 자리에서 일어나 후다닥 달려나갔다. 대체 뭐냐…….

"메인 요리도 아직 안 나왔는데."

사실은 샤를라도 먹여주고 싶지만 지금은 내 방에서 뒹굴고 있으려나. 설마 정말로 배에서 내린 것도 아닐 테고.

"그 녀석이랑 둘이서 밥 먹어도 할 이야기도 없지만."

나는 한 시간에 걸쳐 2인분의 코스 요리를 어떻게든 먹어치우고 나서 약속했던 바로 향했다.

"……기다렸지?"

자리에 앉아 잠시 기다리고 있으니 이윽고 약속 시각에 딱 맞춰서 나츠나기가 도착했다. 사람들의 시선을 피하려고 일부러

카운터에서 떨어진 안쪽의 칸막이 석에 자리 잡았다.

"일부러 갈아입은 거야?"

"어? 아, 어쩌다 보니? 샤워하고 보니까 갈아입을 옷이 이거 밖에 없어서?"

나츠나기의 차림새는 낮 동안의 편한 복장에서 180도 달라져 있었다.

가슴이 트인 원피스에 얇은 숄을 걸치고 있었다.

가게의 분위기와 어울리기는 하지만…… 평소 이상으로 공들인 화장에 향수 냄새도 풍겨왔다. 이 준비를 위해 그렇게 황급히 방으로 돌아간 건가?

"하아, 뭐, 아무래도 좋지만."

"아무래도 좋다니……."

나츠나기가 불만스럽다는 듯이 입술을 내밀었다. 뭔가 말실수라도 했나?

"……그래서? 할 이야기란 건……."

"아, 응. 그랬지. 그러면 마시면서 이야기할까."

마침 나츠나기가 오기 전에 주문했던 음료가 서빙되었다.

"술?"

"신데렐라."

"내가?"

"술이."

그런 이름의 논 알코올 칵테일이었다.

내 쪽은 셜리 템플. 이쪽도 대표적인 논 알코올 칵테일이었다.

술 마시고 실수하는 건 지긋지긋하니까 말이지.

"그럼 시작할게."

건배한 뒤에 나는 샤르와 만난 것을 포함해 그 녀석의 됨됨이를 말하기 시작했다.

"……생각했던 이야기랑 달랐어."

한차례 이야기를 끝내니 나츠나기가 어째서인지 미묘하게 고개를 떨구고 있었다.

"……아니, 뭐, 어차피 이건 그런 게 아니니까…… 어디까지나 심장의 원주인에게 영향받은 거니까……."

"뭘 작은 목소리로 중얼거리고 있는 거야?"

"……!? ……뭐? 내가 뭘?"

바로 언짢은 표정이 되는 나츠나기.

"왜 갑자기 성질내는 건데."

"성질낸 적 없는데."

"아니, 성질냈잖아."

"성질낸 적 없댔잖아!"

그리고 힐이 내 정강이로 날라왔다.

"두 번 죽어!"

"불합리해!"

──본론으로 돌아와서.

"근데 그렇구나. 생각보다 나쁜 사람은 아닌가 보네, 그 애."

나츠나기가 칵테일을 기울이면서 말했다.

"줄곧 시에스타 씨를 그리워하고 지금도 그것만을 생각하고 있다니. 너무 순수해서 눈부실 정도야."

"맞아. 순수한 바보지. 그런 탓에 때때로 나사 빠진 언동을 할 때도 있지만 그게 그 녀석의 좋은 점일지도 몰라."

본인에게는 입이 찢어져도 말하지 않을 거지만.

"그렇지…… 응, 사실은 나도 알고 있었어."

"샤르가 나쁜 녀석이 아니라는 걸?"

"그것도 그렇지만…… 내가 잘못됐다는 걸."

나츠나기는 곤란하다는 것처럼 웃으며 말을 이었다.

"그 애가 했던 말이 정곡이었거든."

그건 오늘 아침에 있었던 말다툼을 말하는 것이겠지. 샤르는 나츠나기에게 탐정 놀이는 관두라고 했었다. 그리고 나츠나기는 그걸 지금 스스로 인정해 버렸다.

"나는 샤르 씨처럼 시에스타 씨의 곁에 줄곧 있었던 것도 아니고 뭔가 특별히 자랑할 만한 무기도 없어. 그저 이 심장을 받아서…… 그녀의 유지도 이어받았다고 착각하고 있을 뿐이야."

그런 건 알고 있어.

자조적인 중얼거림이 조용한 바에 메아리쳤다.

그랬다. 스스로 인정한 대로—— 나츠나기와 시에스타는 달랐다.

얼굴이나 머리카락 색 같은 건 당연했고.

두 사람은 말투도, 성격도, 신조도, 이름도 달랐다.

나츠나기가 시에스타의 비스크 돌이 될 수 있을 리가 없었다.

그런데――.

"나츠나기는 어째서 시에스타의 뒤를 이으려고 한 거야?"

그날. 나츠나기에게 이식된 심장이 시에스타의 심장이라는 것이 판명된 날.

나츠나기는 스스로 명탐정이 되기로 했다. 누군가의 대역이 되려고 하지 않아도 된다는 말을 듣고서도 그 길을 나아갈 것을 선택했다.

그렇지만 나는 그 생각을 아직 명확하게는 듣지 못했다. 이야기하지 못하는 말에는 경의를 표해야 한다고 멋대로 해석하여 지금까지 못 본 척하고 있었다. 그러나 슬슬 마주 보아야 할 때일지도 모른다. 나도, 나츠나기도.

"나는 어릴 적부터 몸이 안 좋았거든."

나츠나기는 먼 과거를 떠올리는 것처럼 눈을 좁혔다.

"주변 애들이 학교에 다니는 가운데 나만 침대에 누워 있었어. 유일한 친구는 몇 권의 그림책과 작은 곰 인형뿐. 텔레비전에서 춤추고 노래하는 아이돌 여자애가 부러워서 견딜 수가 없었어."

하얀 병실. 약품 냄새. 가는 팔에 링거가 꽂힌 어린 소녀가 뇌리에 떠올랐다.

"난 이 방에서 어디로도 가지 못할 거라고 생각했어. 공부도 하지 못하고 운동도 마찬가지니까. 분명 나는 그대로 특별한 누군가가 되지 못할 거라고 말이지."

그게 무척 무서웠어.

그렇게 말하는 나츠나기의 옆모습에는 울음을 터트릴 것 같은 미소가 새겨져 있었다.

"하지만 시간이 지나 나는 그 새장에서 나오게 되었어. 새로운 목숨을 받아서 날갯짓할 수밖에 없게 되었어. 그렇지만……나는 법을 알 수 없었거든."

"나는 법을?"

"응, 나는 법을…… 살아가는 법을. 그래서 나는 길잡이가 필요했던 거라고 생각해."

살아가기 위한 길잡이가.

나츠나기의 입에서 나온 그 말이 아마 이 모든 이야기의 본질일 것이라고 생각했다.

"특별한 누군가가 아니었던 나는 갑자기 특별한 누군가가 되기를 강요받았어. 그래서 나는 이 심장에 기댄 거야…… 그녀의 삶을 내 삶으로 삼으려고 생각한 거야."

그것이 나츠나기가 마음속에 숨기고 있던 본심이었다.

그래서 나츠나기의 심장의 목소리를 들었다.

심장이 찾고 있던 인물X를…… 나를 뒤쫓았으며, 그리고 명탐정을 이어받은 것이다.

사이카와와 관련된 사건 때도 나는 처음에는 의뢰를 거절하려고 했지만 나츠나기가 이것저것 이유를 붙여서 결국 받아들이게 되었다. 그 부자연스러운 적극성도 지금이라면 이해가 되었다.

나츠나기는 분명 명탐정을…… 시에스타를 길잡이로 삼지 않으면 살아갈 수 없었던 것이겠지.

그리고 그건 나와 같았다.

"그러니 샤르 씨가 말한 대로야. 나는 줄곧 탐정 놀이를 하고 있었을 뿐이고 이게 소꿉장난이라는 건 알고 있어."

"나츠나기……."

나는 뭔가 말을 해주려고 했지만 제대로 말이 나오지 않았다.

같았으니까.

나도 나츠나기와 같은 콤플렉스를 가진 채 앞으로 어떻게 해야 할지를 고민하고 있었다. 그래서 지금 나에게는 나츠나기에게 제시할 수 있는 답안이 없었다.

"미안한데 나 먼저 쉬러 갈게."

그렇게 말한 나츠나기는 남은 칵테일을 단숨에 비우고는 일어섰다.

"나츠나기, 나는……."

"잘 자. 내일 봐……."

손을 흔드는 나츠나기는 여느 때와 같은 표정이어서 이 이야기는 이제 끝이라는 말을 들은 듯한 기분이 들었다.

"그래, 내일 봐."

멀어져가는 나츠나기의 작은 등을 나는 그저 지켜볼 수밖에 없었다.

"내일이라."

그래, 아직 이걸로 끝난 것은 아니었다.

다시 한번 생각을 정리하고 기회를 봐서 또 다음에 이야기를 나눠보자.

일단 오늘은 방으로 돌아가서…… 그러고 보니 내 방은 샤르에게 점령당했던가. 같은 침대에 몰래 숨어들기라도 하면 내일은 아침을 맞이하지 못하겠지.

하는 수 없군. 나는 휴대전화를 꺼냈다.

"어…… 여보세요? 사이카와?"

『예, 그런데요…… 이런 시간에 무슨 일이세요?』

"방에 들어왔어? 미안하지만 오늘 밤은 그 방에서 재워줬으면 하는데."

같이 자는 김에 샤르와 조금 전의 나츠나기 이야기도 해둘 수 있으니까 말이지.

『……귀여운 속옷을 입고 기다릴게요.』

"바보냐."

◆ **최악이 시작되었다**

다음 날 아침, 방 밖의 소란에 눈에 떠졌다.

"으음…… 뭐지……?"

"우으으, 시끄러워요…… 키미즈카 씨…….."

"……음, 얌마, 사이카와. 들러붙지 마…….."

나는 팔에 달라붙는 사이카와를 치우며 느릿느릿 일어났다.

"대체 뭔 소란인지……."

몸에서 뚜둑뚜둑 소리를 내며 방 밖으로 나가보았더니.

"조금 전 안내방송은 뭐야!? 누구 목소리지!?"

"모르겠어. 무선실에 누군가가 침입한 흔적은 없는데……."

승무원들이 뭔가 당황한 기색으로 뛰어다니고 있었다.

"키미즈카 씨……?"

"정신 차려, 사이카와. 뭔가 이상해."

잠이 덜 깬 채 눈꺼풀을 비비며 걸어오는 사이카와에게 얼굴이나 닦고 오라고 한 그때——.

『배에 타고 계신 여러분께 알려드립니다.』

선내 복도에 울려 퍼지는 그 안내방송은, 합성음성처럼 꺼림칙했다.

『라운지에서 여자아이를 맡아 두고 있습니다.』

미아 안내방송? 평범하게 생각한다면 그렇게 볼 수 있었다.

하지만 조금 전 승무원들의 반응을 생각해 보면 이건 정식 방송이 아니었다.

그렇다면——.

『여자아이의 이름은—— 나츠나기 나기사.』

""……!""

나는 사이카와와 얼굴을 마주 보았다. 불길한 예감이 확신이 되어 전신을 내달렸다.

『아시는 분께서는 서둘러 5층 라운지까지 와 주시길 바랍니다.』

"사이카와…… 이건 그렇게 되었다는 거지?"

"……예. 최악이 시작되었다고 생각해요."

여자아이를 맡아두고 있다.

이것이 미아를 보호하고 있다는 말이 아니라고 한다면 떠오르는 가능성은 한 가지뿐.

여자아이는. 나츠나기 나기사는 누군가에게 유괴되었다.

내일 봐—— 나츠나기가 헤어질 때 했던 말이 귓속에서 몇 번이나 되풀이되었다.

나와 사이카와는 우선 나츠나기의 방을 찾아가서 예상대로 텅 비어있는 것을 확인하고는 안내방송으로 나왔던 제5 갑판의 라운지로 향했다.

입구에 도착하니 그곳은 이미 객선 경비원에게 봉쇄되어 안에서 조사가 이루어지고 있었다.

"나츠나기 씨는요?"

사이카와가 경비원에게 물었다. 사이카와는 선주였으니 모든 정보를 알 권리가 있었다.

"안내방송 뒤에 곧장 승무원이 달려갔지만 발견하지는 못했습니다."

경비원은 외부인처럼 보이는 나를 힐끗 보았지만 사이카와가 문제없다며 작게 고개를 끄덕였다.

"……네. 그리고 범인으로 보이는 인물도 아직 찾아내지 못했습니다."

"그런가요……."

사이카와는 생각에 잠기는 것처럼 고개를 숙였다.

……젠장, 어떻게 되어 가는 거지.

안내방송에 따라 찾아와 봤지만 범인은커녕 나츠나기의 모습도 전혀 보이지 않을 줄이야.

"일단 승객 명부를 조사해 주세요. 그리고 모든 방을 확인하여 얼굴과 이름을 대조해 주시길."

"알겠습니다."

사이카와가 경비원에게 지시를 내리며 해결의 실마리를 찾았다.

그래. 이곳은 여객선이고 바다 위였다. 설령 범인이 있더라도 도망칠 방법은 없었다. 나츠나기도 반드시 이 배 어딘가에 있을 것이다.

……음? 이 배에서 도망칠 방법……?

"사이카와."

나는 경비원이 자리를 뜬 타이밍에 사이카와에게 물었다.

"이 여객선을 중간에 내리는 방법은 있어?"

물론 사전에 예정된 정기 기항을 제외하고였다.

"어라? 어제 샤르 씨가 하셨던 질문과 같은 걸 물어보시네요?"

"어제? 내가 저녁에 찾아가기 전에 샤르와 이야기를 했어?"

"예, 해 질 녘쯤에 샤르 씨가 저를 찾아왔거든요."

뭐? 어느 사이에 그런 일이…….

"그래서? 이 배에서 내리는 방법을 가르쳐 줬어?"

"예, 뭐. 이 여객선에 구조용으로 비치되어있는 소형 보트를 알려드렸어요."

그렇군, 당연히 그런 설비는 갖춰져 있나. 그렇다면 샤르는 정말로 배에서 내린 건가? 그럼 설마 나츠나기와 함께?

아니, 그건 지나친 생각인가. 애당초 샤르는 나츠나기를 데리고 이 여객선에서 도망칠 동기가 전혀 없었다.

"……그보다 사이카와. 어째서 샤르를 도와준 거야?"

동기라고 한다면 사이카와가 샤르를 도울 이유도 전혀 떠오르지 않는다만…….

"후후, 키미즈카 씨. 그거 아세요? 제 눈은 단순히 물체를 투시하는 힘만 가지고 있는 게 아니랍니다."

사이카와가 왼쪽 안대를 손가락으로 매만지며 말했다. 얼핏 듣기에는 이번 사건과 관계없는 이야기 같지만…… 설마 잡담은 아니겠지.

"예를 들면 그 사람이 거짓말을 하는지 어떤지, 본심을 말하는지 어떤지. 이 왼쪽 눈은 그런 것도 간파할 수가 있어요."

"본심을……?"

"예. 그리고 어젯밤에 저에게 찾아온 샤르 씨는 단 한 번도 거짓말을 하지 않으셨어요. 어떤 목적을 위해 지금 이 배에서 내려야 한다고 하셨죠."

그건 샤르가 꺼낼 만한 이야기이기는 했다.

『나는 내 방식대로 할 테니까.』

샤르는 어떠한 생각을 바탕으로 나보다 먼저 움직였다는 것이겠지.

"그래서 저는 살짝 도와드리기로 한 거예요. ……곤란에 빠진 여자애는 내버려 둘 수 없으니까요."

……이 이야기는 사이카와 나름의 방편일지도 모른다. 아무리 사파이어의 의안이라도 사람의 마음을 읽는 능력까지 갖추고 있을 것 같지는 않았다.

 하지만 사이카와도 자신이 생각한 옳은 일을 한 것이겠지.

 "……그래도 왜 그걸 나에게 숨긴 거야? 샤르에게 협력하는 건 상관없지만 나에게 이야기를 해줬어도 딱히 문제는 없잖아."

 나는 어제 샤르가 내 방을 점령했다고 생각해서 네 방에 묵은 거라고.

 "예? 그치만 그렇게 하지 않으면 키미즈카 씨가 제 방에 와 주지 않으시잖아요."

 "그게 목적이었냐!?"

 아니, 정말로 뭐가 목적인 건데…….

 "후후, 글쎄요? 두근거리셨나요?"

 그리고 여우처럼 오른쪽 눈으로 윙크.

 ……참 나, 나는 너와는 다르게 거짓말을 간파하는 능력은 없다고. 그런 건 참아주라.

 하지만 긴장된 분위기가 어느 사이엔가 풀어진 느낌이었다.

 맺혀 있던 땀과 미간에 모인 주름도 깨닫고 보니 사라져 있었다.

 어쩌면 이것도 아이돌 사이카와 유이의 스킬 중 하나일지도 모른다.

 "사이카와 님!"

 그러고 있으니 라운지 안에서 경비원 한 사람이 이쪽으로 달려왔다.

"라운지의 카운터석에 이런 것이 있었습니다."

손에 들고 있는 건 한 권의 책이었다. 제목은──.

"──『The Memoirs of Sherlock Holmes』."

사이카와가 작게 중얼거렸다.

이 책을 나는 알고 있었다. 아서 코난 도일이 쓴 셜록 홈즈의 활약을 그린 단편집이었다.

나는 경비원에게서 책을 건네받고는 책장을 팔락팔락 넘겼는데…… 불현듯 책갈피 하나가 떨어져 내렸다. 책갈피가 끼워져 있던 페이지는 『글로리아 스콧호*[The Adventure of the Gloria Scott]*』라는 홈즈가 탐정이 되는 계기가 쓰여 있는 단편소설 부분이었다.

그리고 어떤 배의 침몰을 그린 이야기이기도 한 『글로리아 스콧호』의 페이지에 끼워져 있던 책갈피에는 이런 메시지가 적혀 있었다.

"오후 8시에 명탐정의 유산을 가지고 주갑판으로 오라."

◆삼십억의 비보를 써먹는 법

"여기도 아닌가……."

"그렇네요. 다음 장소로 가죠."

나와 사이카와는 어깨를 살짝 떨구기는 했지만 조사하던 다이

닝 레스토랑을 뒤로하고 다음 시설로 향했다.

지금 우리는 선내를 돌아다니며 시에스타의 유산……이 아니라 나츠나기 본인을 직접 찾고 있었다.

"젠장, 이런 꼼수는 안 통한다는 건가……?"

"《왼쪽 눈》을 쓰고 있으니 놓치는 건 없을 텐데 말이죠……."

"……그렇지."

두 손바닥에 손톱이 박혔다. 통증으로 뇌가 자극을 받는다면 대환영이었다.

그 책갈피에 적혀 있던 메시지. 범인의 요구는 '나츠나기의 목숨을 구하고 싶다면 시에스타의 유산을 내놓아라'라는 것이었다.

하지만 우리는 시에스타의 유산이 무엇인지를 몰랐다. 어제 샤르에게 그런 것이 있는 모양이라는 이야기를 들었을 뿐이지 그게 대체 무엇을 가리키는 것인지 아직 파악하지 못하고 있었다. 그리고 그건 샤르도…… 그리고 아마 이번 사건의 범인도 모를 것이다. 그렇기에 나츠나기를 인질로 삼아 우리가 찾아내게 하려는 것이겠지.

……그러나 지금까지의 상황으로 알아낸 것도 한 가지 있었다.

"그래도 이번 사건의 범인이 《SPES》인 건 틀림없는 거죠?"

"명탐정의 유산을 원하고 있으니 정황 증거로는 충분하지."

어제 샤르와 둘이서 이야기를 했을 때도 《SPES》가 시에스타의 유산을 노릴 가능성을 언급했었는데 이 유괴 사건을 통해 확신으로 바뀌었다.

《SPES》는 시에스타가 이 배에 뿌렸다는 씨앗을 두려워하여 그걸 제거하기 위해 이 여객선에 잠복했다. 그러나 목표물을 찾아내지 못하고 인내심이 떨어진 적은 마찬가지로 이 배에 타고 있던 관계자인 우리를 자극했다는 것이다.

"하지만 공교롭게도 우리도 짐작 가는 게 없단 말이지……."

거기서 우리는 시에스타의 유산이 아니라 나츠나기 본인을 찾는 작전으로 변경했다. 여객선의 설비를 하나하나 살펴보고, 멋대로 들어갈 수 없는 객실은 사이카와의 《왼쪽 눈》을 써서 나츠나기가 어딘가에 있지 않은지 찾아 돌아다니고 있었다.

"다음은 이곳이네요."

우리가 이어서 찾아온 곳은 커다란 극장이었다.

밤이 되면 뮤지컬 공연이 시작되는 듯한데, 지금 이 낮 시간대에는 리허설을 하는 모양이었다. 원래 지금 시간대는 출입이 금지되어있지만 사이카와의 권한으로 들어올 수 있었다.

"어때, 뭔가 보여?"

시어터의 후방에서 주변을 둘러보는 사이카와. 사이카와의 《왼쪽 눈》은 안대 너머로 바닥 아래든 문 반대편이든 가리지 않고 모든 것을 꿰뚫어 볼 수 있었다. 만약 이 극장의 어딘가에 범인이나 나츠나기가 숨어있더라도 사이카와라면 한눈에 찾아낼 수 있을 터였다.

그리고 그 결과는———.

"틀렸어요. 이곳에도 나기사 언니는 없어요."

"……그렇군."

사이카와가 그렇게 말한다면 어쩔 수 없었다.

　하지만 아직 살펴보지 않은 방은 잔뜩 있었다. 돌이킬 수 없는 일이 일어나기 전에 빨리 행동해야 했다.

　"사이카와, 다음 장소로 가자. 시간이 없어."

　"……저기, 기미즈카 씨. 조금 진정하시는 게 어때요?"

　"이런 상황에서 그렇게 태평하게 있을 수는 없어. 빨리 나츠나기를 찾아내지 않으면……."

　"키미즈카 씨!"

　몸을 돌리려고 한 내 오른팔을 사이카와가 붙잡았다.

　"……키미즈카 씨, 무척 무서운 얼굴을 하고 있어요."

　사이카와가 나를 바라보았다.

　상냥한 쓴웃음이라는 표정이 있다는 걸 지금 처음으로 알았다.

　"……나는 옛날부터 이런 얼굴이었어."

　"거짓말이에요. 키미즈카 씨는 원래 상냥한 얼굴인걸요."

　저에게 거짓말은 통하지 않아요.

　사이카와는 그렇게 말하며 손을 놓았다.

　"그리고 죄송해요. 제 이 《왼쪽 눈》 말인데…… 실은 쓰고 있으면 체력을 꽤 소모하거든요."

　"……그랬구나. 미안."

　그건 생각도 못 했다. 그렇다면 지금까지 조금 무리시킨 것일지도 모른다. 나는 조바심을 내던 마음을 진정시키듯이 눈을 감고 미간을 주물렀다.

　"괜찮아요, 진정하시고—— 손은 움직여요. 어깨도 돌아가요.

호흡은 리듬. 눈을 한 번 감고, 깊게 숨을 들이마시고, 내쉬어요. 피를 순환시키고. 눈을 뜨면 흐릿하던 시야가 맑게 보여요."

"뭐야, 그건?"

"라이브 전에 긴장으로 터질듯한 심장을 진정시키기 위한 주문 같은 거예요."

일단 앉을까요, 하고 말한 사이카와의 제안을 듣고 우리는 관객이 없는 극장의 좌석에 자리 잡았다. 무대에서는 '오페라의 유령'의 리허설이 이루어지고 있었다.

"미안해, 폐를 끼쳐서."

한심하지, 하고 중얼거린 나는 연하의 소녀에게 마음속으로 고개를 조아렸다.

"한심하다고요? 키미즈카 씨가?"

"그렇잖아? 나츠나기가 없어졌다는 것을 알고 꼴사납게 당황해서…… 네가 힘든 것도 모르고 혹사시키려고 했어."

만약 시에스타가 살아있었다면 얼마나 화냈을지 모를 일이었다. 조수 실격—— 즉시 해임 통보를 받았겠지. 면목이 없었다.

"후후, 재미있는 말을 하시네요. 키미즈카 씨는."

"……이 상황에서 농담할 수 있을 정도의 담력은 없다고 생각하는데."

그러나 사이카와는 진심으로 우습다는 것처럼 작게 몸을 떨며 웃었다.

"키미즈카 씨는 마치 자신이 다른 사람의 기대에 부응하지 못하는 것에 대해서 책임감이나 죄의식 같은 것을 가지고 계신 모양인데요——.”

거기서 일단 말을 끊은 사이카와는 숨을 한 번 크게 들이마셨다.

“——애초에 저는 처음부터 그렇게까지 키미즈카 씨에게 기대하고 있지 않아요!”

그리고 의기양양한 태도로 나를 손가락으로 가리켰다.

“……혹시 나 지금 디스 당하는 중이야?”

이상한데? 사이카와는 그런대로 신뢰 관계를 구축했다고 생각했는데 말이지.

“차암, 아니에요.”

그러나 사이카와는 “역시 키미즈카 씨는 아무것도 모르시네요.” 하고 한숨 나온다는 듯이 고개를 좌우로 크게 내저었다. 역시 바보 취급하는 거지?

“아시겠어요? 여기서 말한 ‘처음부터 기대하고 있지 않았다’란 ‘좋은 의미로’ 예요.”

“ ‘좋은 의미로’ 를 붙이면 뭐든지 용서될 거라고 생각하고 있지 않아?”

“그건 일단 넘어가죠.”

야, 도망치지 말라고. 여중생.

“저도 마찬가지였거든요.”

“……마찬가지?”

그 단어는 어제 있었던 나츠나기와의 대화를 연상케 했다.

“저도 키미즈카 씨와 마찬가지로 혼자서는 살아가지 못하는 인간이었어요."

혼자서는 살아가지 못하는 인간. 그 말을 듣고 무언가가 가슴 속에 무겁게 떨어져 내렸다.

"저에게는 부모님이, 그리고 키미즈카 씨에게는 시에스타 씨가…… 각자에게 결코 없어서는 안 되는 존재였어요."

하지만 우리는 그 존재를 잃고 말았다.

"인생의 지표를 잃은 저는 과거의 약속에만 사로잡혔고…… 그 결과로 돌이킬 수 없는 행동을 저지르려고 했어요."

과거의 약속, 돌이킬 수 없는 행동.

그렇지만 그건 남의 일이 아니었다. 나도 반대 입장이었다면 어떤 행동을 일으켰을지 알 수 없으니까. 그 정도로 나에게 있어서도 시에스타의 존재는——.

"하지만 그런 저를 구해준 사람이 놀랍게도 저와 마찬가지였을 터인 키미즈카 씨와…… 나기사 언니였어요."

"그렇군, 그래서 너는……."

"예. 저와 마찬가지로 미완성인 키미즈카 씨와 나기사 언니가 저를 구해 주려고 하셨어요. 같은 입장에 서서 앞으로 걸어가자고 말해 주셨어요. 그래서 저는 망설임 없이 여러분의 손을 잡을 수가 있었던 거예요."

그 라이브 습격 사건 뒤의 대기실에서. 권총을 쥐고 있던 오른손으로 우리들의 손을 잡아 준 것에는 그런 사이카와 나름의 생각이 있었던 건가. 정말로 나는 아무것도 모르고 있었다. 미완성에 기대 이하의 인간이었다.

아무래도 사이카와의 왼쪽 눈에는 그런 누더기 같은 얼버무림은 통하지 않는 모양이었다.

"그래서 죄송하지만 저는 필요 이상으로 키미즈카 씨에게 기대하지 않아요. 그리고 마찬가지로 키미즈카 씨는 저를 필요 이상으로 배려하지 말아 주세요. 그럴 게 저희는 그런 동료잖아요?"

사이카와가 조용히 왼쪽 눈의 안대를 풀었다.

그 푸른 눈은—— 타산도, 동정도, 기만도, 그 무엇 하나 섞이지 않은 그저 한결같이 깊고 투명한 청색이었다.

"그래, 그거면 돼. 그게 좋아."

나는 마음속으로 2년 전의 시에스타에게 찬사를 보냈다.

네가 눈여겨보던 재팬의 아이돌은 지금 너의 유지를 지키기 위해서 우리 곁에 서 있다고.

"그치만 키미즈카 씨가 명탐정의 조수라고 한다면 저는 그 조수의 조수여도 괜찮을 것 같네요."

"명탐정의 조수의 조수?"

"예, 그래요. 뭔가 마트료시카 같은 구조지만요."

쿡, 하고 웃으며 사이카와는 말했다.

"키미즈카 씨의 오른팔이 될 수 있을지는 잘 모르겠지만 왼쪽 눈 정도는 될 수 있을 거라고 생각하니까요."

그거 아주 믿음직스러운걸.

조명 없는 터널 안에서도 헤매지 않고 걸어갈 수 있을 것 같다고 생각했다.

그로부터 우리는 선내의 수색을 재개하였고 이윽고 모든 방의 조사를 끝냈다.

"······찾아내지 못했네요."

어느 사이엔가 해도 져서 약속의 시간까지 벌써 얼마 남지 않았다.

결국 이때까지 아무런 성과도 내지 못했다.

"하지만 키미즈카 씨."

"그래."

아무런 성과도 내지 못했다는 성과는 얻을 수 있었다.

거기에서 도출할 수 있는 해답이 한 가지 있었다.

여기서부터는 추리든 교섭이든 전혀 필요 없었다.

"전면 전쟁이다, 이 자식아."

◆ 희망 속의 빛

오후 여덟 시. 약속된 시간을 맞이하여 갑판으로 나가보니 시야에 검은 하늘과 검은 바다가 펼쳐졌다. 지금 이 장소에는 우리를 제외하고는 아무도 없는 것처럼 보였다.

하지만 시간과 장소를 지정한 건 상대였다. 반드시 적은 올 것이다.

아니, 어쩌면 이미.

나는 어둠 속을 응시했다.

어디에 숨어있는지는 알 수 없었다. 사이카와의 눈으로도 찾아내지는 못하겠지.

왜냐하면 적은 그런 짓이 가능한 상대였다.

예를 들면 샤르와 이야기하던 중에 나왔던 단어—— 광학미채.
사이카와의 왼쪽 눈으로도 찾아내지 못했으니 적은 그러한 다른 사람의 시야에서 사라지는 기술을 갖춘 상대라는 의미였다.

그리고 나는 그 3년 동안 그 녀석과 이미 마주쳤었다.

"번거로운 짓거리는 이제 지긋지긋해. 냉큼 나오시지——《카멜레온》."

나는 보이지 않는 적을 노려보았다.

나츠나기 나기사는 돌려받겠다.

"하하, 너무하신걸요."

불현듯 아무것도 없는 공간에서 목소리가 흘러나왔다.

"이렇게 오랜 시간 동안 기다려준 건 제 쪽인데 말이죠. 참 나, 여전히 예의를 모르는 남자군요."

갑판의 가장 끄트머리에서 검은 바다를 등진 채 그 녀석은 나타났다.

한순간 공간이 비틀리는 것처럼 일그러지며 이윽고 사람의 실루엣이 떠올랐다.

조명이 닿는 위치에 있는 은발에 아시아계 외모의 마른 남자.
그리고 그 남자의 입에서는 박쥐와 마찬가지로 촉수 같은 《혀》가 자라나 있었다.

이 녀석이 나츠나기를 유괴한 범인—— 카멜레온.

기다란 혀에 주위 풍경과 동화해서 사라지는 능력. 그야말로 그 별칭에 걸맞은 생김새였다.

나는 그 3년 동안 이 남자와 적대했던 적이 있었다.

그때는 조금 전처럼 모습을 전혀 보여 주지 않고 목소리만으로 존재를 드러냈다. 이 녀석의 모습을 직접 보는 건 이번이 처음이었다.

"오랜만의 재회이니 농담이라도 주고받고 싶지만…… 저도 기다리다 지쳐서 말이죠. 바로 본론으로 들어가 볼까요."

카멜레온이 그렇게 말하자 소용돌이처럼 움직인 혀 사이에서 한 사람의 모습이 어렴풋하게 떠올랐다.

"나츠나기!"

내가 달려가려 하자 촉수 같은 혀가 나츠나기의 몸을 감아서 들어 올렸다.

"거기까지. 거기서 움직이지 말아 주시겠습니까."

"큭……."

뻗으면 10미터는 될 듯한 그로테스크한 혀가 나츠나기의 몸을 배 밖으로 옮겨서 바다 위에 매달았다.

"으음……."

의식이 몽롱한 건지 나츠나기는 눈을 감은 채 괴롭게 신음했다.

"기다려, 지금 구해줄게."

나는 허리의 홀스터로 손을 뻗었다.

"하하, 조금 진정하시는 게 어떻습니까."

"닥쳐, 그 오물을 냉큼 입속으로 되돌리시지. 혀를 내밀고 있어도 귀여운 건 골든 리트리버뿐이니까."

혀 내민 채 유창하게 말하지 말라고.

나는 짜증스럽게 권총을 뽑고 안전장치를 풀었다.

"호오, 위세가 대단해지셨는걸요. 그 명탐정의 그림자에 지나지 않았던 당신이 말이죠."

"회상 씬으로 들어가자는 거야? 바로 본론으로 들어가자며."

⋯⋯하지만 흥분한 머리를 식히는 것처럼 나는 이어서 질문을 입에 담았다.

"그쪽의 목적은 뭐지?"

물론 나츠나기는 빨리 구해야 하지만⋯⋯ 나에는 그와 동시에 진행해야 하는 일도 있었다.

──그건 시간 벌기.

지금 이 여객선의 승객들을 사이카와의 주도로 구명정에 태워서 바다 위로 대피시키고 있었다. 이 배의 오너로서, 혹은 톱아이돌로서 사이카와의 카리스마성에 건 작전⋯⋯ 하지만 전원이 대피하기에는 아직 시간이 걸렸다. 나츠나기의 보호와 승객 전원의 피난을 위한 시간 벌기가 나에게 주어진 최종 미션이었다.

"제 목적이라면 몇 번이나 전했지 않습니까── 명탐정의 유산을 넘겨 주시죠. 그렇게 하면 그런 위험한 물건을 쓰지 않아도 이 소녀는 돌려 드리겠습니다."

카멜레온은 내 오른손의 무기를 보면서 비웃듯이 말했다.

역시 카멜레온의⋯⋯《SPES》의 목적은 시에스타가 이 배에 남겼다고 하는 유산이었다. 그리고 그건 분명《SPES》를 타도

하는 비장의 수일 것이다.

"나도 그러고는 싶지만 공교롭게도 우리도 그 유산이라는 것이 뭔지 짐작이 가지 않아서 말이지."

"흠, 그렇게 나오시는 겁니까. ……아뇨, 오늘 하루 당신들의 행동을 지켜보고 있었는데 아무래도 그건 사실인 듯하니까 말이죠. 어떻게든 찾아내 주기를 지금까지 기대하고 있었는데 유감입니다."

카멜레온은 지금까지 주위의 풍경에 녹아들어서 모습을 지우고 우리의 행동을 관찰하고 있었던 건가. 그렇다면 나츠나기의 목숨과 시에스타의 유산이라는 교환 조건이 성립되지 않는다는 건 이해하고 있을 터였다.

"그런 거야. 그러니까 그 애를 얌전히 돌려주시지."

나는 권총을 내리며 카멜레온과 교섭을 시도했다.

"재미있는 소리를 하시는군요. 그렇지만 그래선 거래가 성립되지 않습니다. 제가 얻을 메리트를 제시해 주셔야지요."

"메리트? 메리트라…… 그럼 지금 이 자리에서 나츠나기를 얌전히 풀어주면 내 총탄에 엉덩이가 뚫리는 일 없이 안전하게 엄마가 기다리는 집으로 돌아갈 수 있다는 건 어때."

"……하하, 정말로 건방져지셨는걸요."

카멜레온은 여전히 열 받을 정도로 정중한 태도였지만 확연하게 노여움이 담긴 듯한 시선으로 나를 쏘아보았다.

"뭔가 착각을 하고 계신 모양인데 당신은 이 교섭에서 유리한 위치에 서 있지 않습니다."

카멜레온의 《혀》가 나츠나기의 몸을 강하게 졸랐다.

"으……윽……!"

"나츠나기……!"

"키미, 즈카……?"

나츠나기가 카멜레온의 혀 사이에서 눈을 떴다.

주위를 둘러보고 곧바로 자신이 처한 상황을 이해한 듯한 나츠나기는 이런 상황에서도 웃어 보였다.

"……아하하, 내가 저질러 버린 모양이네."

미안, 하고 나츠나기가 작게 중얼거렸다.

그런 곤란하게 웃는 얼굴을 나는 보고 싶지 않았다.

"명탐정의 유산을 찾아내지 못했으니 처음 교섭 조건은 무효가 되겠지요."

카멜레온은 우리의 대화에는 신경도 쓰지 않고 새로운 제안을 내밀었다.

"그럼 이 소녀의 목숨과 이 여객선에 남아 있는 모든 승객과 승무원의 목숨, 그중에서 고르게 해드리죠."

"……!"

……큭, 눈치채고 있었나. 내가 시간을 벌고 있다는 것도, 지금 승객들을 대피시키고 있다는 것도 전부. 하지만 어째서…….

"승객들의 목숨을 빼앗아서 어쩌자는 거지? 아까 네가 말한 것처럼 그 행위에 무슨 메리트가 있는 거냐고."

"하하, 조금 전의 반박입니까. 하지만 방금 말한 승객과 승무원의 목숨은 덤 같은 겁니다."

"덤이라고?"

"그렇습니다. 본래의 목적은 그저 단순히 이 배를 침몰시키는 것이라서요."

명탐정의 유산이 잠들어 있는 이 배를, 하고 카멜레온은 말했다.

"찾아낼 수 없다면 찾아내지 못하게 두면 되는 겁니다. 손에 넣을 수 없다면 부숴버리는 거지요. 지극히 단순한 이야기입니다."

"……승객의 목숨은 이 배를 침몰시키는 김에 빼앗을 뿐이라는 거야?"

"그렇습니다. 목표를 달성하는 데 있어서 부수적인 결과에 지나지 않지요."

그 말을 듣고 권총을 쥔 손에 다시 힘이 들어갔다. 하지만 아직 물어봐야 할 것이 있었기에 꾹 눌러 참았다.

"그럼 나츠나기는! 저 애의 목숨을 빼앗는다고 너희에게 무슨 이점이 있다는 거지!?"

고작 한 소녀의 목숨이었다. 그걸 이런 《인조인간》까지 만들어 내는 테러 조직이 노리는 행위에 의미 같은 건…….

"그것도 단순한 이야기입니다. 이 소녀가 명탐정의 피를 지니고 있기 때문이지요."

"……!"

머리에 큰 충격을 받았다.

역시 그랬나. 그런 거였나.

《SPES》의 최우선 표적은 나와 사이카와가 아니라—— 나츠나기였다. 그것도 시에스타의 심장이 나츠나기의 몸에 깃들어 있다는 그저 그 이유만으로…….

"하지만 안심해 주시길. 그렇게 간단히는 죽이지 않을 겁니다."

"간단히는 죽이지 않는다고?"

어째서일까. 나는 그 말이 도저히 좋은 의미로 들리지 않았다.

"그렇습니다. 그 명탐정의 심장을 지니고 있으니까 말이죠. 말하자면 인체 실험입니다. 발끝에서부터 머리카락 한 올에 이르기까지—— 자세히 조사해 볼 가치가 있지 않습니까."

카멜레온은 눈을 가늘게 뜨고 히죽 웃으며 그로테스크한 혀로 나츠나기의 뺨을 핥았다.

"……이거 놔!"

몸을 젖히는 나츠나기를 큰 뱀처럼 기다란 혀가 놓아주지 않았다.

검은 바다 위, 배 밖으로 뻗은 혀에 사로잡힌 나츠나기가 고통스러운 표정을 지었다.

"그 혀 치워!"

이번에야말로 나는 카멜레온에게 총구를 겨누었다. 다음은 방아쇠를 당기는 것만으로 납탄을 저 녀석의 미간에 박아 넣어 줄 수 있다.

"그러니까 진정 좀 하시죠. 그런 짓을 하면 이 아이는 밤바다에 곤두박질치게 됩니다. 살아날 방법은 없다고요?"

"큭……."

그래, 그런 건 네놈에게 듣지 않아도 알고 있다고.

하지만 내 충동이 계속해서 이성을 웃돌려 하고 있었다. 떨리는 왼손으로 폭발할 듯한 오른손을 필사적으로 붙들었다.

"자아, 그럼 선택해 주시지요. 이 소녀의 목숨을 살릴지, 이 배에 탄 수많은 승객의 목숨을 구할지—— 양자택일입니다."

그렇게 세상에서 가장 추악한 선택지가 제시되었다.

나츠나기를 살리면 그 밖의 수많은 사람이 목숨을 잃게 된다.

그들을 구하면 나츠나기는 인체 실험을 당한 끝에 살해당한다.

——선택할 수 있을 리가 없었다.

하지만 선택하지 않으면 분명 최악의 두 선택지 전부가 동시에 현실이 된다. ……아니, 이 녀석들이 하는 일이니까 어느 한쪽을 선택하더라도 정말로 다른 한쪽을 살려줄 거라고는 볼 수 없었다. 사이카와의 사건 때도 그랬다. 《SPES》란 그런 녀석들이었다.

그렇다면 처음부터 나에겐 선택지 같은 건——.

"키미즈카."

불현듯 나를 부르는 목소리가 들려왔다.

"나를 쏴."

그 말을 한 소녀는 이 어둠 속에서도 벼랑에 핀 한 떨기의 고고한 하얀 꽃처럼 올곧은 표정을 짓고 있었다.

"무슨 말을 하는 거야, 나츠나기."

《혀》에 감긴 나츠나기는 옅은 호흡을 되풀이하면서도 나만을 지그시 바라보며 마음을 전하려고 했다.

"간단하잖아. 이럴 때는 최대의 행복을 고려하는 거야. 사칙

연산도 까먹었어?"

"……그런 이지적인 사고방식은 너와 어울리지 않아."

"그런가? 그럴지도. 그래도 지금 이 상황에서 필요한 건 나의 격정이 아니라 명탐정의 이성이야."

"너도 명탐정이잖아."

"아니야. 나는 특별한 누군가가 아닌 가짜일 뿐이야."

"그렇지는……!"

"키미즈카."

나츠나기가 또다시 내 이름을 불렀다.

"누군가의 대역이 되려고 할 필요는 없다고―― 그렇게 말해 줘서 기뻤어."

고마워.

그 입 모양은 어딘가 미소 짓고 있는 것처럼도 보였다.

여기서 나츠나기를 쏘면 적은 인질을 잃는다. 그 뒤에 상대는 아마 이 배를 승객과 함께 침몰시키려고 할 테지만 그건 내가 죽을 각오로 막아낼 것이다. 나츠나기라는 인질이 없는 상황이라면 나도 아무런 망설임도 없이 상대에게 총구를 겨눌 수 있었다. 100퍼센트의 승산은 바랄 수 없더라도 50퍼센트의 동귀어진이라면 노릴 수 있을지도 모른다.

그랬으므로.

자기 자신을 쏘라고 한 나츠나기의 판단은 반박할 수 없을 정도로 옳았다. 올발랐다.

그리고 그렇다면. 내가 취해야 하는 행동은――.

"키미즈카."

그때 나츠나기가 다시금 내 이름을 불렀다.

"쏴 줘."

그 순간이었다.

내 뇌리에 과거의 기억이 스쳐 지나갔다.

하얀 머리카락의 소녀가 나 몰래 홀로 흉악한 적에게 맞서고 있는 광경이었다.

그랬다. 그 녀석은 언제나 자신이 희생을 마다치 않았다. 두려워하지도 않았다. 그것이 올바르다고 착각하고 있는 듯한 녀석이었다. 그래서 그때 나는 그 녀석을 질책했다. 그리고 그때까지 한 번도 본 적 없는 그 녀석의 멍한 얼굴은 지금도 똑똑히 기억하고 있었다.

그 장면을 떠올리고…… 똑같다고 생각했다.

지금의 나츠나기는 그때의 그 녀석과 판박이었다.

그러니까 분명 지금.

나츠나기의 말을 들은 지금 이 순간── 내가 취해야 할 선택지가 결정되었다.

"──그런 올바름이라면 필요 없어."

나츠나기의 눈이 살짝 크게 떠지는 것을 알 수 있었다.

"자신은 특별한 누군가가 아니라고?"

나는 나츠나기의 곁으로 한 발짝 다가갔다.

당연히 경계한 카멜레온이 나에게 뭔가 공격을 하려고 했지만…… 그보다 한 박자 빠르게 내 총구가 그의 미간을 겨누었다.

"……맞아. 나는 타인의 삶을 따라 할 줄밖에 모르는 가짜일 뿐이야. 특별한 누군가가 아니야."

"그래? 그거 잘됐네."

나는 한 발짝 더 나츠나기의 곁으로 걸어갔다.

"아직 특별한 누군가가 아니라면 이제부터 누구든 될 수 있다는 거잖아."

나는 법을 모른다면 누군가에게 날개를 움직이는 법을 배우면 된다.

살아가는 법을 모른다면 누군가와 함께 걸어가면 된다.

18년이나 침대 위에 있었다. 분명 100미터 달리기만 해도 다른 사람보다 즐겁게 느껴질 것이다. 아직 네가 모르는 즐거운 일이 이 세상에는 산더미처럼 많다. 앞으로 너는 누구든지 될 수 있다.

"그러니까 나는 이렇게 할 거야."

나는 권총의 총구를 나츠나기에게 겨누었다.

"……이거 곤란한걸요. 이 아이는 저희 아지트에 함께 돌아가서 실험에 참여해야 하니 아직 죽게 둘 수는 없습니다."

카멜레온이 작위적인 웃는 얼굴로 역겨운 헛소리를 내뱉었다. 하지만 이 남자는 뭔가 큰 착각을 하는 듯했다. 뭐, 알 길이 없겠지.

　저 녀석은 그 먹물 같던 밤에 맹세해 줬거든.

　"나츠나기 나기사는 나보다 먼저 죽지 못하게 되어 있어."

　안됐지만 그런 약속이었다.

　나는 조준을 맞추고 나츠나기의 몸을 조르고 있는 카멜레온의 혀를 꿰뚫었다.

　"그아아아아아아아아아아아아아아악!"

　카멜레온의 쥐어짜는 듯한 포효. 피가 튀며 《혀》가 두 쪽으로 절단되었다.

　그리고 그 혀에 감겨 있던 나츠나기는 어두운 바다로 떨어져 내렸지만——.

　"나기사 언니이이이!"

　암흑의 바다로 나츠나기가 떨어지기 직전에 매트를 깐 한 척의 소형 보트가 그 사이에 미끄러져 들어왔다.

　"늦어서 죄송해요!"

　역시 사이카와. 암흑 속에서도 빛나는 그 푸른 반짝임은 분명 삼십 억의 가치가 있을 것이다.

◆ 밤하늘에 펄럭이는 황금색 깃발

『너는 내가 탐정이 아니라고 하지만.』

그건 예전에 내가 시에스타에게 "넌 탐정이라기보다도 에이전트 같아." 하고 말했을 때의 일이었다.

『내가 생각하는 《탐정》의 정의란 언제나 의뢰인의 이익을 치키는 존재야. 나는 그런 일에 자긍심을 가지고 있어. 그러므로 나는 지금까지처럼 앞으로도 계속 《탐정》으로 있을 거야.』

시에스타는 그렇게 말하며 자신이 《탐정》인 것에 구애되었었다.

분명 시에스타에게 있어서 의뢰인이란 그녀를 제외한 모든 인간일 것이다.

시에스타는 그런 이유로 자기 자신을 명탐정 체질이라고 말하며 웃었다.

너무나도 눈부신 웃는 얼굴이었다.

"뒷일은 부탁할게!"

한순간 그런 옛날 일을 떠올리면서 나는 사이카와에게 소리쳤다.

의뢰인의 이익을 지킨다—— 그 이상도 이하도 아니라 그것만 해낼 수 있으면 된다.

추리만 할 수 있어 봤자 그걸로 사람의 목숨을 구하지 못하면 의미가 없었다.

여객선에 남아 있는 사람들을 자신의 목숨으로 구하려고 했던 나츠나기도, 그런 나츠나기를 아슬아슬하게 구해 보인 사이카와도 틀림없이 명탐정의 유지를 잇고 있었다.

"갔군……."

나는 소형 보트로 이미 먼 바다를 달리고 있는 두 사람을 배웅했다.

하지만 저 애들을 이 이상 위험한 상황에 빠트릴 수는 없었다.

여기서부터는 내가 할 일이었다.

"한 방 먹었군요……."

말투는 여전히 정중했지만 카멜레온의 무표정이었던 얼굴은 분노로 물들어 있었다.

그리고 입가의 피를 닦고는 탄환에 절단되었을 터인 《혀》를 또다시 길게 뻗기 시작했다.

그 모습은 꼬리를 스스로 자르고 재생하는 도마뱀 같아서 그야말로 파충류 그 자체처럼 보였다.

이 녀석은 이미 사람이라는 종을 버렸다.

"이제 인정 사정 봐주지 않겠습니다. 당신은 반드시 이 자리에서 죽여 드리지요."

그 순간 카멜레온의 《혀》가 나를 향해 세차게 날아들었다. 그 끄트머리는 박쥐의 《귀》처럼 예리한 칼날로 변해 있었다.

"────!"

비슷한 움직임을 본 적이 있다고는 해도 그렇게 간단히 피할 수 있는 것은 아니었다.

굴러서 피했지만 어깨가 살짝 도려졌다.

"아파라……."

거기에 4년 전에도 그걸 피한 건 내가 아니라 시에스타였다. 이럴 줄 알았다면 좀 더 호신술을 배워둘 걸 그랬다.

"젠장."

나는 이판사판으로 총탄을 쏘았다.

솔직히 말해서 여기서부터는 계획이 없었다.

아슬아슬했지만 나츠나기는 구해냈다. 그리고 사이카와가 이곳으로 왔다는 건 다른 승객들의 피난도 얼추 끝났다는 거겠지.

그렇다면 이제 아무런 문제도 없다.

나 혼자 배와 함께 바다로 가라앉으면 된다.

"……후우."

나는 겨우겨우 일어서서 권총에 총알을 장전했다.

이 여섯 발로 끝이었다.

"호오, 각오한 눈이로군요. 혼자서 죽을 생각인 겁니까?"

카멜레온은 일단 혀를 입속으로 되돌리고는 가는 눈을 더욱 가늘게 좁히며 나를 바라보았다.

"아니, 안 됐지만 너도 함께야. 남자 둘이서 바닷속으로 동반 자살을 한다는 최악의 전개가 되어 버리지만 안타깝게도 나는 실력 있는 각본가가 아니라서 말이지."

"이 상황에서도 아직 그렇게 혀를 놀리는 겁니까. 각본가보다도 코미디언에 어울리는 게 아닌지? 지옥 2번지에서 길거리 공연이라도 하면 분명 지폐가 넘치도록 쌓일 겁니다."

우리는 눈곱만큼도 재미없는 블랙 조크를 주고받으며 시선으로 서로의 움직임을 견제했다.

"애초에 저는 당신에게 제 목숨을 넘길 생각이 없지만 말이죠. 그리고 당신이 무사히 도망치게 했다고 생각한 소녀들의 목숨도 당신을 죽이고 난 뒤에 확실하게 빼앗을 겁니다."

카멜레온은 그렇게 말하며 꺼림칙하게 입맛을 다셨다.

"왜 그렇게까지……."

아무리 시에스타의 유지를 이어받았다고 해도 나츠나기는 평범한 여고생이었다. 어째서 그렇게까지 집요하게 그 애를——.

"전부 그 《심장》 때문입니다."

카멜레온이 증오스럽다는 듯한 표정으로 입술을 일그러트렸다.

"저도 최근까지 몰랐는데—— 그건 정상이 아닙니다."

정상이 아니라고?

시에스타의 심장에 뭔가 비밀이 있다는 건가?

"뭐, 당신은 알 필요 없는 일입니다. 단지 최근이 되어서 저희의 사정이 변했다는 것만 말해 드리죠."

"……아까부터 무슨 소리를……."

"하지만 아무래도 우려하던 사태까지는 되지 않은 모양이라서 안심했습니다. 거기에 명탐정이 남겼다는 유산도 지금부터 이 배와 함께 가라앉게 되지요. 저희의 승리입니다."

하하, 하하하, 하고 불쾌한 노이즈 같은 목소리로 카멜레온이 웃었다.

"당신을 죽인 뒤에는 땅끝에서부터 바닷속 밑바닥과 하늘 위에까지 저 소녀들을 뒤쫓아서 스스로 죽여 달라며 울고불고 애원할 때까지 괴롭히고 마지막 순간에 고통스럽게 죽여 드리지요."

마음속에서 무언가가 터지는 소리가 들렸다.

"흠, 말이 좀 많았군요. 슬슬 끝내도록 할까요."

그리고 그게 살의의 소리라는 것을 깨닫는 데는 불과 1초도 걸리지 않았다.

"신에게 기도할 시간은 필요합니까?"

"아니. 마침 무신론자거든."

"그러십니까. 그럼──."

카멜레온이 입을 닫았다. 미안하지만 이어질 말은 내가 하겠다.

"──죽어."

탄환처럼 날아드는 《혀》를 슬라이딩으로 피하며 나는 적의 품 안으로 들어갔다.

더는 이 살의의 충동을 억누를 수 없었다. 나는 권총을 상대의 턱에 들이대었고──.

"어설픕니다."

그러나 이번에는 채찍처럼 한순간에 돌아온 혀가 내 손을 쳐 냈다.

"큭……!"

그리고 떨어트릴 뻔한 권총을 겨우겨우 똑바로 쥐는 사이에…….

"텅 비었습니다."

"크……윽……."

복부에 기다란 혀가 처박히며 금속배트에 맞은 공처럼 몸이 날아갔다.

"숨이……."

갑판에 내팽개쳐져서 호흡도 제대로 되지 않았다.

아마 갈비뼈도 몇 대는 나갔을 것이다.

전신의 핏기가 사라지며 단숨에 체온이 내려간 것을 알 수 있었다.

──이대로는 죽는다.

너무나도 간단하게.

하지만 이건 예감이 아니라 확신이었다.

"평범한 인간 주제에 《인조인간》를 이길 수 있을 리가 없지 않습니까."

나는 어떻게든 일어서서 다가오는 카멜레온에게 총을 겨누었다.

……하지만 눈이 잘 보이지 않았다.

호흡이 가쁘기 때문인지 조준도 제대로 할 수 없었다. 다리도 몹시 휘청거렸다.

"보시죠, 당신은 아무도 지키지 못합니다."

"시끄럽다고!"

나는 닥치는 대로 방아쇠를 당겼다.

그러나 총탄은 표적을 빗맞혔고 겨우 정면으로 날아간 한 발은 상대의 《혀》에 튕겨 나갔다.

길이뿐만이 아니라 경도도 자유자재로 바꿀 수 있는 건가…….

"당신은 이 자리에서 죽고 당신이 도망치게 한 소녀들도 반드시 제가 이 손으로 죽일 겁니다."

"……젠, 장! 닥쳐!"

나는 다시 한번 방아쇠에 손가락을 걸었지만…… 총탄은 더는 나가지 않았다. 탄을 전부 써버린 것이다.

"그렇습니다. 당신이 한 건 전부 헛수고였습니다. 당신도, 당신이 지키려고 한 사람도 모두 죽습니다. 그 증오스러운 명탐정과 마찬가지로 말이죠."

나는 죽는다. 그건 괜찮다.

어차피 1년 전에 미처 죽지 못한 살아 있는 시체일 뿐이니까.

그렇지만 나츠나기는. 사이카와는.

그 아이들만큼은 지켜야 했다.

의뢰인의 이익은 지켜야 했다.

샤르가 말한 것처럼 나는 탐정은 아니지만, 그저 조수에 지나지 않지만, 하지만 그래도——.

"명탐정의 유지는 나도 이어받았다고."

움직이지 않는다고 생각한 다리가 움직였다.

사이카와의 말이 떠올랐다.

손은 움직인다. 어깨도 돌아간다.

호흡은 리듬. 눈을 한 번 감고, 깊게 숨을 들이마시고, 내쉰다.

피를 순환시킨다. 눈을 뜨면 흐릿하던 시야가 맑게 보인다.

사피어의 눈이 나에게 깃들었을지도 모른다.

물론 그럴 리는 없지만, 그럼 귀는 어떨까 하고 청각 세포에 모든 것을 건다.

──들렸다.

그리고 그건 나뿐만이 아니라 누구나의 귀에도 들릴 정도로 굉음이었고.

"헬리콥터?"

고개를 들자── 새카만 밤하늘에는 헬리콥터 한 대가 날고 있었다.

"키미즈카! 피해!"

멀리서 그렇게 들려온 듯한 기분이 들어서 나는 갑판의 사각으로 몸을 내던졌다.

다음 순간──.

"이거라도 먹어라아아아아아아아아아아!!!"

귀청을 찢는 총격의 폭음.

밤하늘에서 비가 쏟아지듯이 탄환이 카멜레온에게 쏟아졌다.

"끄아아아아아아아아아아아아아아악!!!"

상공, 헬리콥터의 열려 있는 해치에는──.

"상당히 고전하고 있는 모양이네, 키미즈카."

황금색 머리카락을 밤바람에 휘날리며 기관총을 난사하는 샬럿 아리사카 앤더슨이 서 있었다.

◆Buenos dias

"샤르……."

나는 멍하니 밤하늘에 떠 있는 기체를 올려다보았다.

바다 위에 파문을 그리며 회전익을 크게 구동시키고 있는 무장 헬리콥터.

열려 있는 문에는 샤르가 기관총을 들고 있었으며 한편 조종석 쪽에는——.

"오랜만인걸, 망할 꼬마! 이제야 자수할 마음이 생겼나!?"

후우비 씨가 나를 내려다보며 헬기의 확성기로 비웃었다.

"누가 보더라도 지금의 전 피해자 측이라고요!"

그렇게 말하자 후우비 씨는 내가 들고 있는 것을 보고 손가락으로 가리켰다.

……아, 이거 말이지.

총안법 위반. 처음으로 현장에서 걸렸다.

참 나, 웬일로 경찰 같은 소리를 다 하는군.

그쪽도 멋대로 군용 헬기를 끌고 왔으면서.

"나는 괜찮다고! 경찰이니까!"

괜찮을 리가 있나. 그리고 마음의 소리를 읽지 마.

얼굴 풀어지게 하지 말라고.

아직 혼자가 아니었다며 안도하게 하지 말라고.

"큭…… 제기랄……."

땅 밑바닥에서 울리는 듯한 신음이 들려왔다.

피를 흘리면서도 비틀비틀 일어서는 카멜레온.

카멜레온의 충혈된 가는 눈이 밤하늘에 머물러 있는 헬기와 샤르를 보았다.

"오래간만이야, 인조인간. 두 번 다시 만나고 싶지 않았지만."

"……너도 예전에 본 얼굴이군……!"

카멜레온의 말투가 또다시 거칠어졌다. 이쪽이 진짜 모습이 겠지.

"키미즈카도 이번에야말로 만나지 못할 거라고 생각했는데."

"……참 나, 처음부터 이럴 생각이었던 건가."

무력으로 적을 섬멸한다. 샤르답다고 한다면 샤르다운 방식이었다.

한발 먼저 적의 정체를 알아차린 샤르는 일찌감치 이 배에서 빠져나가 전력을 보충해서 돌아온 것이다. 조금 정도는 상담을 해 줬어도, 하는 생각도 들었지만…… 아니, 옛날부터 우리에게 그런 쓸데없는 습관은 없었으니까. 그래서 시에스타에게 자주 혼났었다.

"……그래도 잘 와 줬어. 샤르."

설마 지금에 와서 샤르에게 구해지는 날이 올 줄이야.

"흥, 어린애한테 그런 소리를 듣고 내가 잠자코 있을 리가 없 잖아."

"아니, 너희 동갑이잖아."

……하지만 그렇군. 샤르도 나츠나기의 말에 촉발되었던 건가.

분명 나츠나기에게는 본인도 자각하지 못한 무언가가——.

"그러니까 키미즈카, 당신은 물러나 있어! 여기서부터는 내 턴이야!"

그렇게 말한 샤르는 문 근처에 장착된 기관총을 다시 쥐고 《인조인간》을 조준했다.

안타깝게 되었군, 카멜레온.

무기를 쥐여 준 저 녀석에게는 용과 호랑이가 떼 지어서 몰려와도 상대가 안 된다고.

"잘 피해 보시지!"

어느 쪽이 악역인지 알 수 없는 대사를 외치며 샤르는 갑판에 산탄을 흩뿌리기 시작했다.

"……크윽."

총탄에 맞은 몸을 질질 끌면서도 날렵하게 도망치는 카멜레온. 그러면서 때때로 경화시킨 《혀》를 휘둘러 총탄을 튕겨내고 있었다.

"큭, 이런 건방진."

지상과 공중의 공방전.

하지만 그래도 위치적으로 샤르가 유리했다.

카멜레온은 위에서 쏟아져 내리는 총탄을 막는 데 급급해서 유일무이한 무기인 혀를 방어에밖에 쓰지 못했다. 바닥날 줄을 모르는 탄환의 폭풍에 카멜레온은 부득이하게 갑판 위에서 도망치고 있을 수밖에 없었다.

"키미즈카!"

돌연히 총성에 지지 않는 큰 목소리로 샤르가 나를 불렀다.

"나는 당신이 싫어! 정말 싫어!"

그러냐. 하지만 그건 나도 마찬가지다.

안됐지만 너와 잘 지내보려고 생각한 적은 없었다.

"하지만…… 하지만! 마담에게 선택받은 건 당신이었어! 내가 아니라, 내가 싫어하는 당신이었어! 그렇다면…… 그렇다면 맡길 수밖에 없잖아! 내가 가장 좋아한 마담이 내가 가장 싫어한 당신을 선택했다면…… 나는 당신을 믿을 수밖에 없잖아!"

그건 기도하는 듯한 외침이었다.

눈물은 보이지 않았다. 그 대신 총탄의 비가 천공에서 쏟아져 내렸다.

샤릿은 분명 스승의 마지막 바람을 이뤄 주려고 했을 것이다.

"키미즈카! 이번에야말로 우리 둘이서 이 미션을 성공시키는 거야!"

그래, 나도 알아. 알고 있어.

처음부터 그럴 생각이었으니까.

"으랴아아아아아아아아아아!"

장전하는 시간도 아까웠는지 샤르는 헬기에 장착된 도어건에만 기대지 않고 잇따라서 새로운 총기를 손에 들며 카멜레온을 몰아붙였다.

이대로 공세를 이어나가면 이길 수 있다.

엄폐물 뒤에 붙으며 그렇게 확신하고 있었을 때였다.

"——그만 됐다."

그렇게 몰아붙여도 무기를 교환하느라 공격이 멈춰 생겨난 찰나의 빈틈.

몸을 앞으로 기울인 카멜레온의 모습이 돌연히 사라졌다.

"샤르! 조심해!"

"어?"

그리고 다음 순간, 헬기가 크게 기울어졌다.

"큭! 당했어!"

프로펠러는 무사해 보였지만…… 헬기에서 무언가가 새어 나오고 있었다.

"……연료인가."

엔진 부분에서 가솔린처럼 보이는 액체가 흘러나오며 내가 있는 갑판 위로 떨어져 내렸다.

헬기는 조금 전에 비해 상당히 저공비행을 하고 있었다. 이대로는 언제 추락할지 알 수 없었다. 하지만 카멜레온의 모습은 주위의 풍경에 완전히 녹아들어 시야에서 사라졌다. 이래서는…….

"큭, 이래서는 맞고 있는지 어떤지도 알 수 없어……."

샤르는 닥치는 대로 기관총을 쏘아댔지만 카멜레온에게 명중한 기색은 없었다. 조종석의 후우비 씨도 기울어진 헬기를 필사적으로 되돌리려고 조종간을 쥐고 있었다.

젠장, 시야에서 불리해지면 손을 쓸 방법이 없었다.

보이지 않는 상대와는 어떻게 싸워야 하지? 시에스타였다면 어떻게…….

"하하, 이렇게 되면 더 이상 나에게 공격을 맞힐 수 없다! 그 명탐정마저도 속수무책이었던 것처럼!"

여전히 모습은 보이지 않는 채 자신의 승리라는 듯한 적의 목소리만이 울려 퍼졌다.

……아니, 그런 것보다도 방금 이 녀석은 뭐라고 한 거지?

명탐정마저도 속수무책이었다고?

내가 모르는 곳에서 그런 일이 일어났었다는 건가?

"지금도 눈에 선명하게 남아있다── 꼴사납게 내 앞에서 무릎 꿇은 그 증오스러운 소녀의 모습이!"

그래, 그랬던 건가.

이 녀석이었나.

이 녀석이 시에스타를.

진정한 의미의 원수를 마침내 찾아냈다.

하지만 어째서인지 내 마음속은 평온한 채였다.

이미 감정은 없었다.

그저 내 마음속에 있는 건 《SPES》를── 이 괴물을 섬멸한다는 사명뿐.

그 사명이 끝날 때까지 이 다리는 멈추지 않는다.

"……! 네가 마담을……!"

샤르의 노성이 전장에 울려 퍼졌다.

그래, 이해해. 네 마음은 누구보다도 이해하고 있어.

하지만 샤르. 지금은 나를 봐 줘.

나는 자신의 입술에 손가락 두 개를 가져다 대는 제스처를 취했다.

"키미즈카?——그래. 알았어."

손가락으로 키스를 날린 게 아니라는 것 정도는 이해해 줬나.

자아, 이제 끝내자.

여기서부터는 괴물을 퇴치하는 시간이다.

"나도 이 사람은 슬슬 금연해야 한다고 생각했었어."

"……참 나, 어쩔 수 없군."

샤르가 후우비 씨에게서 빼앗은 오일라이터에 불을 붙이고 아래로 떨어뜨렸다.

헬기에서 흘러내린 연료가 펼쳐진 갑판 위에.

"끄아아아아아아아아아아아아악!!!"

불이 단숨에 번지며 카멜레온의 주위 일대를 불태웠다.

마찬가지로 같은 장소에 있는 나도 무사하지는 못했다. 하지만 애초에 같이 죽을 각오를 했었다.

"뜨, 뜨거, 워…… 죽을…… 것…… ."

이 가혹한 환경에 피부의 변색 기능이 작동하지 않게 되었는지 카멜레온의 모습이 또다시 드러났다. 모습이 드러난 카멜레온은 불기둥에 에워싸여 기다란 혀를 칠칠치 못하게 늘어뜨린 채 무릎을 꿇고 있었다.

"이거나 먹어."

그리고 투박한 한 발의 총성.

샤르가 헤아릴 수 없는 마음을 담은 일격을 쏘았다.

"——! 카아악!"

알아들을 수 없는 목소리를 내며 카멜레온이 피를 토했다.

경화되어 있었을 터인 《혀》가 총탄에 꿰뚫려서 발치에 떨어져 내렸다.

그러나 잘린 《혀》가 또다시 혀뿌리에서부터 재생되기 시작했다. 그걸 본 나는 스스로 불타오르는 불길 속으로 들어가서 끄트머리가 날붙이처럼 날카로워진 《혀》를 오른손으로 주워들었다.

"——제길, 제기, 랄."

눈앞의 파충류가 뭔가를 중얼거리고 있었다.

"죽여 버릴, 테다. 네놈도, 그 명탐정, 처럼, 꼴사납게……."

그렇군. 《혀》가 재생되는 이상은 이건 계속해서 떠드는 건가. 그렇다면——.

"——! 카아아아아아아아악!"

나는 주워든 《혀》로 카멜레온의 재생된 《혀》를 찢어발겼다.

이것은 검이다. 네가 직접 벼려낸 양날의 검이다.

예전 파트너의, 그 동료의, 그 유지를 잇는 이들의—— 많은 사람의 마음을 짊어지며 나는 그 검을 휘둘렀다.

"그, 그만둬어어어어어어어어어어어!"

그만둘 것 같냐. 이건 네가 타인에게 준 고통이다.

"끄아아아아아아아아아아아악!!!"

몇 번이라도 재생한다면 몇 번이라도 찢어발길 뿐이다.

너는 두 번 다시 떠들지 않아도 돼.

"아…… 아, 아아……."

눈앞의 이것은 이제 아무런 의미도 담기지 않은 목소리밖에 내지 못하는 것 같았다.

하지만 내 오른손은 멈추지 않았다. 아직 부족했다.

좀 더, 좀 더, 피를 흘려줘.

샤르의 몫, 나의 몫, 그리고 시에스타의 몫.

부탁해, 부탁이니까. 좀 더, 좀 더──.

"──부탁이니까 이제 죽어줘."

몇 번이나 그 《혀》를 찢어발겼는지 알 수 없었다.

이제 이걸로 마지막이라며, 이번에야말로 끝나 달라며, 내가 검을 크게 치켜든 그때 선체가 뒤흔들렸다.

"……!"

그리고 다음 순간.

"아직, 이다."

깨달았을 때는 이미 늦었다.

"……큭."

내 몸에 카멜레온의 기다란 혀가 감겨 있었다. 아직 완전히 잘라내지 못했나……!

"장소를, 바꾸, 겠다."

그리고 카멜레온이 이번에는 길게 뻗은 《꼬리》를 갑판에 세차게 내리쳤다.

"윽……!"

그러자 불타서 약해진 바닥이 꺼지며 내 몸이 카멜레온의 혀에 감긴 채 아래층으로 떨어져 내렸다.

"젠, 장!"

불과 몇 초의 공중전.

나는 여전히 손에 들고 있던 단단한 《혀》의 잔해를 카멜레온의 입안에 쑤셔 박았다.

"끄, 악."

그 공격에 복부를 조르고 있던 혀의 힘이 살짝 느슨해졌다. 나는 만신창이인 몸으로 어떻게든 카멜레온을 몸 아래쪽으로 깔아서 바닥에 격돌하는 것을 면했다.

"아파 죽겠네. 젠장, 다 끝났었는데."

여긴 어디일까. 어디로 떨어진 거지.

천장의 구멍을 통해 거칠게 불어오는 검은 연기 때문에 시야가 좋지 않아서 제대로 확인할 수 없었다. 떨어지는 중에는 들려왔던 후우비 씨와 샤르가 나를 부르는 목소리도 지금은 더 이상 들려오지 않았다.

"일단 자세를 바로 해야……."

무기도 없고 현재 위치도 몰라서는 제대로 싸울 수 없었다.

나는 다리를 끌며 마찬가지로 상처투성이인 카멜레온에게서 거리를 벌렸다.

"……아니, 이래선 마치 도망치는 것 같잖아."

나는 자조적으로 말하며…… 이런 상황에서도 아직 자신이 살아남으려고 하는 이유를 혼탁해지는 의식 속에서 생각했다.

"……나츠나기인가."

『나는 죽지 않아. 절대로 너를 두고 나만 멋대로 죽지는 않을 테니까.』

나는 다시금 그 말을 떠올렸다.

그래. 나츠나기가 그렇게 약속해줬으니까 나도.

나도 나츠나기를 두고 멋대로 죽을 수는 없었다.

아직 작별의 말도 나누지 못했으니까.

그리고 겨우 벽까지 도착한 나는 다시 한번 지금 자신이 있는 공간을 둘러보았다.

"하하, 전개 끝내주네."

그곳은 호화롭고 현란한 주지육림.

바로 전날에도 찾아왔었던 사람의 욕망이 소용돌이치는 꿈의 낙원―― 카지노.^{지옥}

최종 결전을 장식하기에는 안성맞춤인 장소였다.

"――다, ――다, ――죽여 버릴, 테다."

이어서 의식을 되찾은 카멜레온이 몸을 굽힌 채 일어섰다.

적도 만신창이라고는 해도 나는 무기 하나 가지고 있지 않았다.

자아, 그럼 이제 어떻게 싸울까.

그렇게 말해도 선택지는 없다만.

"아아아아아아!"

이제는 자아가 남아 있는지도 의심스러운 형상으로 포효하는 카멜레온.

자아, 와라.

나는 왼쪽 다리를 앞으로 내밀며 오른 주먹을 끌어당겼다.

무기는 이 몸 하나. 여기서부터는 육탄전이다.

"오오오오오오오오오오오오오!"

카멜레온이 울부짖었고 피투성이의 기다란 《혀》가 일직선으로 날아들었다.

"하아아아아아아아아아아아아!"

나는 하반신에 힘을 담으며 허리를 회전시켰다.

그리고 이어서 기세 좋게 오른팔을 휘둘러 올렸고——.

"——너는 바보야?"

그런 목소리가 들려왔다.

들려온 듯한 기분이 들었다.

아니, 그렇잖아.

이런 전장에 이제 와서 끼어들 인간이 있을 리가 없잖아?

"《인조인간》이라는 괴물을 상대로 육탄전? 그런 건 무리한다고 안 하고 무모하다고 해."

이어서 들려온 건 한 발의 총성—— 그리고 카멜레온의 절규였다.

시야에 피 웅덩이가 펼쳐졌다. 상대의 기다란 《혀》가 두 쪽으로 절단되어 있었다.

"자, 이걸로 그 《혀》는 두 번 다시 나를 공격하지 못해."

그건 어디선가 들은 적이 있는 표현이었다.

그리고 목소리의 주인은 천장에 뚫린 구멍에서 기세 좋게 뛰어내리며 내 눈앞에 착지했다.

뒷모습은 낯이 익었다. 잘못 볼 리가 없었다.

최근에는 이러니저러니 하며 줄곧 함께 있었으니까.

그렇지만 왜 이 자리에 있는 거지? 아까 사이카와와 함께 배에 태워 대피시켰잖아.

그런 당연한 의문은 어떤 한 가지 가설에 흔적도 없이 사라졌다.

그 해답을 확인해 보려고 했을 때 그 녀석이 먼저 돌아보았다.

그리고 그 녀석은. 나츠나기 나기사는 나를 돌아보며 이렇게 말했다.

"오랜만이야."

그래, 확실히 오랜만인걸.

그거다. 나는 줄곧 그 1억 점짜리 미소가 보고 싶었다.

"그래, 낮잠은 이제 됐어?——시에스타."

◆ 너와 보냈던 그 눈부신 3년간은

지금 내 눈앞에 있는 인물은—— 나츠나기 나기사였다. 그건

틀림없었다.

그렇지만.

"네 얼굴을 보는 건 1년 만인데 눈매가 조금 험악해졌는걸?"

이런 말을 들으면 그 안에 있는 것이 누군지는 자연스럽게 알 수 있었다.

"너는 외모에서부터 모든 게 전부 바뀌었잖아―― 시에스타."

외모는 나츠나기―― 그 내용물은 시에스타.

그건 일반적으로는 있을 수 없는 현상이었지만 나는 어째서인지 그런 것이라며 인식하고 있었다.

거기에 이유가 있다고 한다면.

"너는 《심장》에 아직 있었구나."

기억 전이―― 장기 이식을 받았을 때 기증자의 성격이나 취향이 이식자에게 반영되는 현상. 아직 과학적으로 증명된 것은 아니었지만 기억 전이로 보이는 사례는 세계 각지에서 관측되고 있었으며 심장 이식을 받았던 나츠나기 나기사도 이전에 그 현상을 체험했었다.

그러나 아무리 기억 전이라는 현상이 실존한다고 해도 일반적으로 이식자가 기증자에게서 이어받는 건 성격이나 일상적인 습관, 그리고 약간의 기억 정도일 터였다.

그런데 지금의 나츠나기는 시에스타의 기억을 계승한 정도가 아니라 시에스타 본인에게 몸을 빼앗긴 상태였다. 마치 주종이 역전된 것만 같았다.

"너 또 뭔가 실례되는 생각을 하고 있지?"

나츠나기가…… 아니, 시에스타가 불만스럽다는 듯이 살짝 눈살을 찌푸렸다.

"나는 잠시 이 아이의 몸을 빌린 것뿐이야. 빼앗으려는 생각은 없으니까."

나츠나기의 얼굴로, 나츠나기의 목소리로, 시에스타가 말하고 있었다.

그 사실에 살짝 위화감을 느끼면서도—— 그래도 나는.

"만나서 기뻐, 시에스타."

무슨 형태가 되었든 1년 만에 재회한 것에 몸이 떨려서 나는 자신도 모르게 그 자리에 주저앉고 말았다.

"너는 그런 얼굴로 웃었던가?"

시에스타가 눈을 살짝 크게 떴다.

"조금 둥글어졌을지도 몰라."

왠지 모르게 그렇게 느꼈다.

그런 식으로 재회의 말을 나누고 있을 때였다.

"——그르, 르."

카지노의 안쪽.

시에스타의 총격을 받아 입에서 피를 흘리고 있는 카멜레온이 낮게 으르렁거렸다.

두드러진 흰자위는 충혈되었고 전신의 피부에는 파란 핏줄이 꿈틀거리고 있었다. 몸을 앞으로 기울인 채 《혀》와 《꼬리》를 휘두르는 그 모습에는 더 이상 인간이었을 시절의 형상이 남아 있지 않았다.

"시에스타, 이야기는 여기까지야. 먼저 저 녀석을 어떻게든 해야 하니까."

"그렇지. 뭐, 그러기 위해 온 거니까."

그렇게 말한 시에스타가 어디선가 가지고 온 듯한 은색의 007 가방을 열자 그 안에는 내가 쓸 총이 들어 있었다. 그리고 주저 앉은 나를 향해 왼손을 내밀며.

"너, 내 조수가 되어 줘."

그 말을 들은 순간, 내 의식이 4년 전으로 거슬러 올라갔다.

같았다. 그 상공 1만 미터에서 만났었을 때와 똑같았다.

지금 눈앞에 서 있는 건 어디까지나 나츠나기 나기사였을 테 지만—— 내 눈에는 4년 전 그 날의 시에스타가 똑똑히 보이고 있었다.

……그렇다면 처음부터 선택권 같은 것이 있을 리가 없었다.

"명령이시라면—— 명탐정."

나는 시에스타가 내민 손을 잡고 얼굴 가득 웃어 보이며 대답 했다.

"……네 웃음은 호러네."

"냅두셔!"

우리는 둘로 나뉘어서 카멜레온을 포위하는 진형을 취했다.

"오오오오오오오오오오오!!!"

견제하듯이 우리를 번갈아 노려보는 카멜레온.

《혀》와 《꼬리》가 먹잇감을 붙잡으려고 허공에서 굽이쳤다.

"조심해! 저건 신축성도 경도도 자유자재니까!"

나는 적의 정면으로 돌아 들어가며 반대쪽의 시에스타에게 정보를 전했다.

"어라? 그쪽을 담당해도 괜찮은 거야?"

"음? 뭔가 문제라도 있어?"

아무리 시에스타라고는 해도 나츠나기의 몸을 빌린 상태였다.

적과 정면에서 맞서 싸우는 건 내 역할이었다.

"그 녀석의 《혀》는 이제 나를 공격하지 못하니까 내가 정면을 담당하는 게 낫다고 생각하는데."

"……잊고 있었어."

젠장, 괜히 폼 잡다가 상황만 안 좋아졌다.

"생각보다 허술한 부분은 안 고쳐졌네."

"시끄럽거든."

우리는 적의 공격을 피하며 포지션을 맞바꿨다.

"생각해 보면 언제나 그랬어."

시에스타는 적의 《꼬리》에 총으로 응전하면서 그립다는 듯이 말했다.

"'오늘은 리조트 호텔에서 잘 수 있게 해주지.' 하고 의기양양하게 카지노로 쳐들어가더니 가진 돈을 전부 날려 버리거나."

"윽…… 그건 전날에 네가 '이제 노상방뇨는 신물이 나!' 하고 울고불고하니까 어쩔 수 없이 한방역전을 노려서……."

"기억을 날조하지 마."

다음 순간, 내 얼굴 바로 옆으로 탄환이 날아들었다.

"얌마, 시에스타!"

"남 탓하지 말아 주겠어? 네가 노상…… 밖에서 볼일을 보는 모습을 내가 우연히 보고 말아서 네 자존심에 상처를 준 일이라면 사과하겠지만."

"전투 중이거든!? 쓸데없는 건 떠올리지 마!"

참 나, 이 여자는.

표표하게 적의 공격을 피하며 옛날이야기로 꽃을 피우고 있다.

…………

……하지만 옛날에도 이랬었지.

"시에스타도 나에게 부끄러운 모습을 보인 적이 있었잖아."

"내가 언제?"

"예전에 둘이서 마시지도 못하는 술을 진탕 마신 다음에……."

"안 들려, 안 들려."

"그러니까 나에게 총을 겨누지 말라고!"

……여차. 카멜레온의 《꼬리》가 근처의 게임 테이블을 부숴서 파편이 날아들었다.

어째서일까.

그렇게 긴박하던 상황이었을 텐데. 최종 결전이라며 벼르고 있었을 텐데…… 어느 사이엔가 어깨의 힘이 풀리고 말았다.

시에스타가 있는 것만으로.

그녀와 함께 싸우고 있다는 그 사실만으로 몸, 마음이, 날개가 자라난 것처럼 가벼웠다.

"전투 중이라는 걸 잊은 거 아니야? 쓸데없는 건 떠올리지 마."

"내가 할 말이거든…… 참 나, 불합리하기는."

시에스타와 나—— 두 사람의 총이 동시에 탄환을 발사했다.

"끄아아아아아아아아아아!"

명중. 카멜레온이 크게 주저앉았다.

나는 그 틈에 탄을 장전했다.

"하하, 웬일이야. 네가 그렇게 당황하고."

"조수 주제에 건방져. 언제부터 나를 놀릴 수 있는 입장이 된 거야?"

"남자는 며칠만 안 봐도 몰라볼 정도가 된다고."

하물며 우리의 경우에는 1년이었다.

1년—— 떨어져 있던 시간을 되찾는 것처럼 우리는 바보 같은 농담을 주고받았다.

"……그래서? 결국 그 뒤엔 어떻게 되었는데?"

"뭐가?"

"……그러니까, 저기."

나츠나기의 얼굴로 시에스타가 말을 흐렸다.

"술을 마시고 둘이 만취한 다음에 우리………… 했어?"

그 드물게 부끄러워하는 얼굴은 꼭 좀 시에스타 본인의 존안으로 배견하고 싶었다.

"쓸데없는 건 떠올리지 말아 달라며."

"실은 그게 신경 쓰여서 끈질기게 현세에 매달려 있었어."

"감동의 재회는 어디 간 거냐."

그때 카멜레온이 울음소리를 내며 일어섰다.

"캬아아아아아아아아아아아아!"

이제까지 없었던 공간을 진동시킬 정도의 포효.

포효에 호응하는 것처럼 카멜레온의 신체에 변화가 나타났다.

새빨갛게 충혈된 눈은 더욱 밖으로 튀어나왔고 전신에 경화된 《비늘》 같은 것이 자라나기 시작했다. 우직우직하는 묵직한 소리와 함께 신체의 비율도 평범한 인간을 한참 뛰어넘을 정도로 거대해졌고 옷도 갈기갈기 찢어져 가까스로 몸에 걸치고 있을 정도였다. 그리고 육체가 자신의 무게를 견디지 못하게 되었는지 파충류, 혹은 공룡처럼 사족보행에 가깝게 몸을 수그리고 있었다. 그 자세는 그야말로――.

"괴물."

자연스럽게 목울대가 큰 소리를 냈다.

"저건…… 완전히 《씨앗》에 잠식되었네."

시에스타가 옆에 서며 숨을 내쉬었다.

"거기, 명탐정. 당연하다는 듯이 모르는 단어로 해설하지 말지?"

그 3년간의 고생이 떠올랐다.

이 명탐정은 정말로 나에게 중요한 건 하나도 이야기하지 않는 녀석이었다. 그걸로 몇 번이나 내가 위기에 빠졌다고 생각하는 거야. 게다가 마지막 순간에 의기양양한 얼굴로 구하러 와서는 "나에게 마음껏 감사하도록." 같은 소리를 내뱉는다.

아…… 떠올리니까 욱하는데.

"후후, 그런 네 얼굴도 오랜만인걸."

"완전히 바보 취급하는 거지?"

"좋아했어, 그 얼굴."

……부탁이니까 그렇게 대놓고 말하는 건 참아줄래?

"——! 캬아아아아아아아아아아아아아아아!"

괴물이 또다시 울부짖었다.

그래, 심정은 이해한다. 최종형태로 변신까지 했는데 전혀 상
대를 안 해 주니까 말이지. 그야 나 같아도 울부짖는다. 하지만
불평이라면 이쪽에 있는 명탐정에게 하라고.

나와 시에스타는 재차 진형을 갖추며 둘이서 적을 포위했다.

"그래서? 실제로는 무슨 이유로 돌아온 건데."

"왜? 너를 구하기 위해서야, 같은 말이 듣고 싶어?"

"귀염성이라고는 찾아볼 수가 없구만."

"에이, 설마~."

이리저리 튀는 총탄과 초연의 냄새.

그건 마치 한낮에 꾸는 꿈 같은 공상적인 광경이었다.

뺨을 베여서 살짝 피를 흘리며 《한낮의 꿈》이 전장을 내달렸다.

그리고 카멜레온의 미쳐 날뛰는 혀에 올라타더니 그대로 도약
하여 적의 머리를 발로 후려 찼다.

"실은 이 아이에게 부탁받아서 말이지."

이어서 한 바퀴 회전하며 착지한 명탐정은 돌아보며 그렇게

말했다.

"너를 구해 줬으면 한다고── 그런 부탁을 받았어."

"나츠나기가 너에게?"

"응. 사실은 이제 그 아이에게 전부 맡길 생각이었는데……
그렇게까지 부탁하면 말이지."

하나의 몸을 통해서── 두 사람 사이에 어떠한 대화가 나누
어진 것일지.

단지, 한 가지 알 수 있는 건 나츠나기의 말이 시에스타를 움직
이게 했다는 것이다.

그러나 그건 동시에 이번이 특례라는 의미였다. 요컨대.

"그러니 이번이 마지막── 이제 두 번은 없으니까."

나츠나기의 얼굴에 시에스타의 모습이 겹쳐졌다.

그 올곧은 시선이 나를 바라보고 있었다.

"그래, 알아."

알고 있어. 이번이 진정한 작별이다.

"그아아아아아아아아아아아아아아아아!"

쓰러져 있던 카멜레온이 일어나며 괴물 같은 모습으로 울부짖
었다.

그리고 다음 순간, 카멜레온의 모습이 사라졌다. 분명 이것이
최종 국면이다.

"시에스타, 조심해."

나는 곁으로 돌아와 있는 시에스타에게 말했다.

"문제없어—— 조수, 잡아."

"뭐? ……으억!?"

몸이 하늘을 날았다.

4년 만이었다.

그때도 시에스타는 이런 식으로 나를 구해줬다.

시에스타는 나는 잡아끌며 후각으로 보이지 않는 적의 공격을
계속해서 피했다.

"역시 나는 너에게 휘둘리는 정도가 딱 맞는 것 같아."

"……갑자기 왜 그래, 조수."

…………

"쓸쓸했어?"

계집애도 아니고 그럴 리가.

"미안해."

사과하지 마.

"먼저 죽어서 미안해."

그러니까 사과하지 말라고.

"사실은 말이지, 너와 3년간이나 여행을 다닐 예정은 없었어."

그런 옛날이야기를 하면서 이길 수 있는 상대가 아니잖아.

"섣불리 친한 인간을 만들면 이 세상에 집착이 생기게 돼. 그 족쇄는 분명 내 일에 방해가 되겠지."

그러니까 싸움에 집중하라니까.

언제 불길이 여기까지 번질지 알 수 없다고.

"하지만 깨닫고 보니 3년이 지나 있었어. 분명 나는 스스로 생각한 것 이상으로 네가 마음에 들었던 거겠지."

바보냐.

너와 나는 연인 사이는커녕 친구 사이도 아니었어.

탐정과 조수—— 그저 기묘한 비즈니스 파트너일 뿐이었지.

"알고 있어. 너는 나를 특별하게 생각하지 않았고 나도 너를 특별 취급하지는 않았어. 단지——."

그만해, 이제 와서 그런 이야기를 하지 마.

내가 말하는 건 괜찮아. 그렇지만 너는 말하지 마.

제멋대로라고 해도 좋아. 하지만 너는——.

"너와 보냈던 그 눈부신 3년은 나에게 있어서 가장 큰 추억이었어."

너에게 그런 말을 들으면 나는——.

"너는 바보야?"

시에스타가 내 머리를 살짝 쓰다듬었다.

"죽은 사람에게 집착해서 어쩌자는 거야. 지난 1년간 혼자서 고생이 많았어."

목이 얼얼해지고 눈두덩이가 뜨거워졌다.

웃기지 말라고 이런 건…… 이런 건 나답지 않아.

참 나, 그만 좀 해. 이런 모습을 사이카와 샤르, 그리고 원래대로 돌아간 나츠나기가 본다면 웃을 게 뻔하다.

나는 시에스타에게서 떨어져 옆에 나란히 섰다.

"쓸쓸했냐고? 안됐지만 그런 생각을 할 여유도 없을 정도로 소란스러운 녀석들이 동료가 되어서 말이지."

몇몇 얼굴이 떠올라서 쓴웃음이 지어졌다.

"그러니까 이제 혼자가 아니야."

"그렇구나—— 사이좋게 지내."

우리는 누가 먼저라 할 것 없이 등을 마주 대었다.

나츠나기의 몸으로 시에스타의 체온을 느꼈다.

이 싸움이 끝나면 시에스타는 분명 다시 사라진다.

그리고 이제 두 번 다시 나츠나기의 몸에 이 녀석이 나타나는 일은 없겠지.

그렇다면.

"시에스타."

"왜?"

"아니, 아까 이야기 말이야. 처음으로 둘이서 술을 마시고 취한 뒤에 어떻게 되었는지."

최종 결전의, 아마 최후의 국면에서 이런 대화를 하는 것도 어떤가 싶지만 그것도 어떤 의미로는 우리답다고 할 수 있을지도 모른다.

몸을 비스듬히 하고 뻗은 내 오른팔과 마찬가지 자세로 뻗은 시에스타의 왼팔이 일직선으로 달라붙었다.

"유감스럽다고 해야 할지—— 아무 일도 없었어."

그리고 두 정의 총이 앞을 겨누었다.

눈에는 보이지 않는 적이 육박해 왔다. 이걸 빗맞히면 우리 두 사람의 목숨은 없다.

하지만 시에스타는 말했다. 문제없다고 말했다.

그렇다면 망설일 필요는 없었다.

시에스타가 옳지 않았던 적은 단 한 번도 없었으니까.

그리고 다음 순간, 눈앞의 아무것도 없는 공간에서 커다란 알람 소리가 울렸다.

"조수!"

"그래!"

그 방향으로 나와 시에스타는 동시에 방아쇠를 당겼고——.

——그리고.

둔탁한 소리와 짧은 통곡이 모든 것이 끝났음을 알렸다.

"그렇구나. 실은 너라면 한 번 정도는 자도 괜찮다고 생각했었는데 말이지."

"그런 중요한 말은 다음부터 빨리 말해줘."

우리는 마지막으로 바보처럼 웃었다.

【girl's dialogue】

"나보고 네 몸을 쓰라는 거야?"

은발의 명탐정은 곤혹스러운 기색으로 나에게 되물었다.

"응. 그게 내가 네 부탁을 들어주는 교환 조건이야."

반대로 나는 그녀에게 강한 어조로 그런 거래를 제안했다.

이곳은 나와 그녀만이 간섭할 수 있는 특별한 세계였다.

예를 들자면 머릿속의 기억, 심장에 새겨진 의식, 혹은 단순한 한낮의 꿈—— 하지만 확실히 이곳이라면 나는 그녀와 만날 수 있었다. 우리가 만나는 건 저번 싸움으로부터 이걸로 두 번째였다.

"하지만 괜찮아?"

명탐정이 푸른 눈으로 나를 가만히 응시했다.

"이건 네 몸이야. 너만의 몸이야. 그도 그렇게 말했잖아?"

"……그렇지, 응. 이 손도, 발도, 머리카락에서 발끝까지 전부 내 거야."

그렇지만—— 나는 심호흡을 한 번 했다.

"《심장》은 달라."

내가 그렇게 말하자 그녀는 기다란 속눈썹을 내리깔았다.

"마음은 나와 너, 두 사람의 것이니까. 목적이 같다면 협력할 수 있잖아?"

"……나에게 어떻게 하라는 거야?"

"내 의식과 교대하여 지금도 적과 싸우고 있는 키미즈카를 구하러 가 줬으면 해."

"……그래선 마치 내가 너와 마찬가지로 그를 구하고 싶어 하는 것 같잖아."

──빠직.

"그러니까 그렇게 말하고 있잖아."

시간도 없는데 이야기가 좀처럼 진행되지 않아서 관자놀이에 핏줄이 섰다.

"그건 오해야. 나는 이미 죽었는걸. 나에게는 그에게 관여할 자격이 없어."

그 순간, 내 마음속의 도화선에 불이 붙었다.

"──! 아, 정말 성가셔 죽겠네!!!"

나는 머리 옆에 묶은 헤어슈슈가 풀릴 정도로 머리를 마구 쥐어뜯었다.

"서, 성가시다고……? 내가……?"

그러자 명탐정은 설마 자신이 그런 소리를 들을 거라고는 꿈에도 생각 못 했는지 커다란 눈을 끔뻑이고 있었다. 그래도 미안하지만 봐주지는 않을 것이다.

"그렇잖아! 전에 꿈속에서 싸웠을 때는 '역시 조수의 파트너로 어울리는 건 나야.' 같은 소리를 해댔으면서!"

"……그건 그러니까. 결국 이야기를 나눈 끝에 조수는 너에게 맡기기로 했잖아."

"그래서 이제 자신에게는 키미즈카에게 관여할 권리가 전혀 없다는 거야? 구하러도 가지 않겠다는 거야? 응? 애야?"

"……! 네가 처음이야. 나를 이렇게까지 바보 취급한 인간은."

내가 그렇게 말하자 그녀는 이제까지 보여준 적 없었던 불퉁한 표정으로 나를 쏘아보았다.

"어라, 생각보다 여리구나? 놀림 받는 처지가 되는 건 익숙하지 않나 봐?"

"돌아갈래."

그리고 등을 돌리려고 하는 명탐정. 나는 황급히 그녀의 소매를 잡았다.

"차암, 미안미안. 사과할 테니까 빨리 이 몸을 써서 그 녀석의 곁으로 가줘."

어른인 나는 어쩔 수 없이 그녀의 체면을 세워주기로 했다.

"……하지만 괜찮아?"

"그러니까 나는."

딱히 상관없어, 그렇게 말하려고 했을 때.

"조수는."

그녀가 입을 열었다.

"조수는 민폐라고 생각하지 않을까? 이제 와서 내가 다시 나타나서."

그건 합리적이고 이지적인 명탐정답지 않은 조그마한 망설임인 듯했다.

그래서 나는.

"글쎄? 그건 직접 확인해 보면 되지 않아?"

추론보다 증거. 명탐정에게 딱 맞는 문구라고 생각했다.

"……갑자기 무책임해지네."

그러나 그녀는 아직 불만스러운지 나를 가느다란 눈으로 바라보았다. ……분하지만 그런 표정이 또 귀여웠다. 키미즈카는 '그 녀석에게는 아무런 감정도 없어' 같은 분위기를 냈지만 분명 거짓말일 것이다. 이런 천사 같은 아이와 3년이나 함께 있었으면서 아무런 감정이 생기지 않을 리가 없었다. 뭐? 그녀가 천사라면 나는 악마 같다고? 시끄럽거든.

"아니, 그치만 느닷없이 소녀 모드가 되어 버리니까."

뭔가 갑자기 짜증이 나기 시작해서 내치듯이 말해보았다.

"……너와는 정말로 상성이 안 좋은 것 같아."

그런 내 말에 또다시 눈을 가늘게 뜨는 천사 같은 명탐정. 으음, 역시 또 싸움이 되어 버렸다. 뭐, 이번 싸움의 책임은 비율적으로 6대4려나. 내가 4지만.

"하아, 알았어. 가면 되잖아, 가면."

이윽고 그녀는 어딘가 어린애처럼 얼굴을 홱 돌리며 마지못해서라는 듯이 내 제안을 받아들여 줬다.

"하지만 이번만이니까."

"알아. 다음에는…… 다음부터는 내가 구할 수 있게 되어볼 테니까."

"⋯⋯그래? 그럼 됐어."

그렇게 명탐정은 잠깐 웃어 보이고는 등을 돌리고 자리를 뒤로했다.

"저기 말이야."

그런 그녀에게.

나는 잠시 망설이면서도 마지막으로 하고 싶었던 말을 전하기로 했다.

"내게 목숨을 줘서 고마워—— 명탐정."

그 말을 들은 그녀는 잠시 걸음을 멈추더니.

"천만에⋯⋯ 하지만 나야말로."

등을 돌린 채 나에게 말했다.

"내 목숨을 써 줘서 고마워—— 명탐정."

【에필로그】

"마, 마담이랑 만났다고!?"

푸른 바다를 나아가는 여객선에서.

갑판에 선 샤르는 미확인 생물이라도 발견한 듯한 표정으로 나를 돌아보았다.

"그래, 그 녀석이 없었더라면 지금쯤 우리는 물고기 밥이 되었겠지."

그로부터…… 어제 모든 일이 끝난 뒤에 우리는 사이카와 가문이 준비한 새로운 여객선으로 갈아타서 귀로에 오르고 있었다.

예정되어 있던 투어는 중지. 그 정도의 사고, 아니, 사건이 일어났으니 당연한 판단이었다. 다행스러운 것은 승객과 승무원이 모두 무사했다는 점이었다. 헬기에 타고 있던 샤르와 후우비 씨도 추락 직전에 탈출할 수 있었는지 모두 무사히 이 배에 타고 있었다.

다만, 단 한 사람을 제외하고.

카멜레온은 바닷속으로 가라앉았다.

한때 시에스타의 목숨을 빼앗은 죄를 안고.

"그래……. 또 마담이 우리를 구해준 거구나."

바닷바람에 샤르의 금색 머리카락이 휘날렸다.

엿보인 옆얼굴에는 쓸쓸해 보이는 미소가 떠올라 있었다.

"어쩌면 마담은."

불현듯 샤르가 담담하게 말했다.

"그날, 자신이 죽는다는 것도 알고 있었을지도 몰라."

⋯⋯그래. 그럴지도.

자신의 죽음마저도 계산해뒀다고, 이제 와서 깨달은 거냐고, 그 쿨한 얼굴로 말하는 명탐정의 얼굴이 눈에 선했다.

하지만 설령 그랬다고 해도.

"살아주길 바랐어."

내가 삼킨 말을 작은 그릇에서 흘러나오는듯한 목소리로 샤르가 대변했다.

"하지만 그 애의 몸 안에 마담이 말이지."

그리고 살짝 목소리를 올리며 이어서 말했다.

"그래. ⋯⋯하지만 그 녀석은 이제 안 나올 거야."

두 번은 없다고 시에스타 본인이 말했었다.

"⋯⋯만약 지금 이 자리에서 내가 키미즈카에게 총구를 겨누면 마담이 구하러 와 주거나 하지는 않을까?"

"내 목숨을 희생양으로 삼지 마."

"농담이야, 농담."

샤르는 불현듯 표정을 풀더니 쭉 기지개를 켰다.

그리고 그대로 등을 돌리고 갑판을 뒤로하려다가.

"⋯⋯마담이 뭔가 말했어?"

등을 돌린 채 그렇게 물어보았다.

샤르의 표정은 보이지 않았다. 무슨 얼굴로 이 질문을 하는 걸까.

"——사이좋게 지내래."

나는 등을 돌린 블론드 헤어의 소녀에게 말했다.

내가 할 수 있는 건 시에스타의 말을 전해주는 것뿐이었다.

"그렇구나."

샤르는 자그마한 목소리로 그렇게 중얼거리고는 이윽고 상체만 돌려서 나를 향해 이렇게 말했다.

"다음에 꽃가게 갈 때 함께 가주겠어? 무슨 꽃을 사면 좋을지 알려줬으면 하니까."

미국에서는 성묘하는 문화가 별로 없던가.

그렇다면 조만간 함께 가 보도록 할까.

뭐, 그곳에 그 녀석이 잠들어 있는지 어떤지는 알 수 없지만.

"그럼 다음에 봐."

"그래, 다음에."

어제의 적은 오늘도 적.

그렇지만 내일은 어쩌면—— 시에스타가 그걸 바라고 있다면.

밤이 되어서 나는 여객선에 마련된 바로 향했다.

배가 달라서 당연히 저번과는 다른 가게였지만 구조는 대단히 닮아 보였다. 오늘은 그다지 남이 듣는다고 곤란한 이야기를 하는 것도 아니었으므로 나는 카운터에 앉아서 음료를 주문했다.

그리고 잠시 뒤에 기다리던 인물이 찾아왔다.

"기다렸지?"

그렇게 말하며 그 인물—— 나츠나기 나기사가 옆자리에 앉았다.

음료를 주문하는 나츠나기를 곁눈질로 보니…… 저번 같은 화려한 복장이 아니라 평소처럼 낙낙한 티셔츠에 숏팬츠 차림이었다.

뭐, 생각해 보면 그것도 당연한가. 그 가슴이 트인 원피스는 지금쯤 바닷속 밑바닥에 가라앉아 있을 테니까.

이윽고 음료가 나와서 우리는 가볍게 잔을 부딪쳤다.

"그보다 너 그 옷 뭐야?"

……젠장, 지적하는군. 일부러 묘사도 안 했더니.

"복장 맞추기 힘드네."

틀림없이 네가 또 차려입고 나올 거라고 생각했단 말이야.

"그 안 어울리는 재킷은 어디서 났어?"

"사이카와가 사 줬어."

"으아, 그건 아니지. 진짜로 좀 아니지."

야, 정론을 말하지 말라고. 반박도 못 하겠잖아.

……뭐, 그렇게 평소대로의 나츠나기였다. 지금의 나츠나기에게서는 시에스타의 모습이 보이지 않았다.

그 뒤에—— 카멜레온을 쓰러트린 다음.

간신히 침몰 직전의 배에서 바다로 몸을 내던진 나와 나츠나기 안의 시에스타는 나뭇조각을 잡고 표류하다가 구조선에 구조된 모양이었다.

추측처럼 말한 이유는 구조되었을 때는 우리 둘 다 의식을 잃고 있어서 깨어났을 때는 이미 이 여객선에 타고 있었기 때문이다.

그리고 눈을 떴을 때, 나츠나기는 이미…… 나츠나기였다.

나츠나기에게 물어보았는데 시에스타의 인격이 겉으로 나왔을 때의 기억은 전혀 없는 모양이었다.

시에스타는 또다시 취미인 낮잠을 자기 시작했다.

"나츠나기."

"왜?"

언제까지고 질질 끌어봤자 소용없는 일이었다.

나는 각오를 다지고 나츠나기에게 이 자리에 불러낸 이유를 말했다.

"앞으로도 명탐정을 계속해 주겠어?"

이런 사건에 말려들어도 여전히 시에스타의 유지를 이어줄 것인지.

흉내가 아니라 진정한 의미로 명탐정이 될 생각은 있는지.

분명 앞으로는 《SPES》와 적대하는 일도 더 늘어날 것이다.

거절해도 어쩔 수 없었다. 하지만 확인만큼은 해 둬야 했다.

"……솔직히 역시 자신은 없어."

나츠나기는 잔의 가장자리를 가느다란 손가락으로 문지르며 말했다.

"나는 이번에 아무런 활약도 못 했잖아. 오히려 민폐만 끼치고 너와 유이에게 구해지기만 했어. 거기에 마지막에는—— 이 심장에 기댔고."

그녀

역시 나는.

그렇게 말한 나츠나기는 쓴웃음을 지었다.

그런 나츠나기에게 나는.

"너도 활약했잖아."

"……키미즈카?"

"그 알람 소리, 도움 되었어."

카멜레온과의 싸움에서 마지막에 상대의 위치를 파악하는 데 도움이 된 알람 소리. 그 소리의 정체는 나츠나기가 카멜레온에게 끌려갔을 때 몰래 그 녀석의 옷 안에 넣어두었던 스마트폰이었다. 시각으로 맞설 수 없는 적에게 대항하기 위한 순간적인 재치였다.

"……그렇구나. 그치만 그건 유이와 샤르 씨도 협력해 줬기에 성공한 거니까."

나중에 들은 이야기에 따르면—— 나와 시에스타가 카멜레온과 싸우고 있는 사이에 샤르가 운전하는 소형 보트에 탄 사이카와는 자신의 《왼쪽 눈》으로 바다 위에서 선내의 전황을 지켜보고 있었던 모양이었다. 그리고 카멜레온의 모습이 사라진 타이밍을 노려서 그 녀석의 위치를 우리에게 알려주기 위해 나츠나기의 스마트폰으로 전화를 걸어 알람 소리를 울리게 했다는 내막인 듯했다.

시에스타도 그걸 전부 내다보고 있었겠지. 또 나만 아무것도 모르고 있었잖아.

……뭐, 아무래도 좋나. 나는 조수니까.

중요한 건 나츠나기였다.

나츠나기가 명탐정으로 있을 수 있는지 없는지가 중요했다.

"거기에 시에스타 본인에게 들었다고. 네가 자기 의지로 시에스타에게 몸을 빌려줬다는 걸. 네 말이 시에스타를 움직이게 해서 내 목숨을 구한 거야."

그 격정이 없었더라면 나는 그대로 죽었겠지. 나츠나기가 나를 구해준 것이다.

거기에 나츠나기에게는 본인도 깨닫지 못한 자질이 있었다.

맨 처음 심장에 관련된 문제에서는 나도 깨닫지 못했던…… 혹은 봉인하고 있었던 감정에 나츠나기가 불을 붙여서 완수해야 할 사명을 다시 한번 일깨워줬다.

사파이어 사건 때도 나츠나기는 사이카와가 진정으로 원하는 것을 나보다도 먼저 간파하여 무력을 쓰지 않고 문제를 해결로 이끌었다.

그리고 이번에도 또 그 마음과 말로 나와 샤를르, 끝내는 그 시에스타마저도 움직이게 했다. 분명 나츠나기는 사람이 그때 가장 원하고 바라는 말과 행동을 해줄 수 있는…… 그런 능력을 지닌 것이다.

그렇다면──.

"고마워. 넌 최고의 명탐정이야."

그렇잖아?

《탐정》은 의뢰인의 바람을 이루어주는 존재니까.

"……치사해."

나츠나기가 작게 중얼거렸다.

그게 뭐에 대한 평가인지는 알 수 없었지만 살짝 부드러워진 입가를 보니 아무래도 교섭 결렬이라는 사태는 피한 모양이었다.

"그래도…… 응. 나 할게."

거기에, 하고 나츠나기는 말을 이었다.

"나도 부탁받았으니까."

"부탁받았다고? 설마 시에스타에게?"

"응, 그게 시에스타가 단 한 번만 움직여주는 조건이었어."

나츠나기는 이어서 시에스타와 몰래 나누었다는 계약을 입에 담았다.

"나츠나기 나기사, 사이카와 유이, 샬럿 아리사카 앤더슨, 그리고 키미즈카 키미히코── 넷이서 《SPES》를 쓰러트려 줘."

너희 네 사람이야말로 내가 남긴 유산이자── 최후의 희망.

그렇게 말했다며 나츠나기는 부드럽게 미소 지었다.

"그렇군."

나는 고개를 끄덕였다.

분명 지금 이 순간에.

이제야 나도 진정한 의미로 명탐정의 유지를 잇게 되었다고 생각했다.

"뭐, 그래도 자신이 없는 건 변함없지만."

나츠나기는 쓰게 웃으며 잔에 입을 대었다.

"괜찮아. 나만큼 자신 없는 사람은 또 없으니까."

"그런 식으로 상대평가가 올라가도 기쁘지 않아."

"그리고 너는 시에스타가 자신과는 다르게 완벽한 인간이었다고 생각하고 있을지도 모르지만 의외로 그렇지도 않았어."

"그랬어?"

그렇고말고.

미안하군, 시에스타. 죽은 사람은 말이 없는 법이다.

"예전에 그 녀석은 마시지도 못하는 술을 진탕으로 마시고 만취해서 말이지……."

거기까지 말했을 때 나츠나기가 갑자기 손에 들고 있던 음료를 단숨에 비웠다.

"응? 야, 나츠나기?"

가게 안의 조명은 어두웠지만 얼굴을 자세히 보니 나츠나기의 뺨이 붉게 물들어 있는 것처럼 보였다.

그리고──.

"이거 실은 알코올 들어있어."

나츠나기는 그렇게 말하며 내 턱을 손가락으로 들어 올렸다.

갑작스러운 상황에 저항할 수 없었다. 그건 마치 방과 후의 교실에서 처음 만난 그날의 재현 같았다.

"으……."

"오늘은 방에 올 거지?"

"……뭐? 너 무슨 말을……."

……아니, 잠깐만. 진짜 나츠나기는 이런 말을 할 수 있는 녀석이었던가?

그렇다면 이건…… 아니, 그래도 설마…….

"어느 쪽이라고 생각해?"

……하아, 그 웃는 얼굴은 반칙이라고.

그렇게 내가 대답하지 못하고 있을 때였다.

『아, 아. 승객 여러분께 알립니다.』

그건 선내 방송이었다.

지난번 범행 성명과는 다르게 선장이 하는 정식 방송인 모양이었다.

그리고 그 안내방송은 "자세한 내용은 밝힐 수 없습니다만." 하고 알 수 없는 서론으로 시작하더니 이렇게 말을 이었다.

『승객 여러분 중에 탐정님은 안 계십니까?』

나는 옆자리의 그녀와 시선을 마주하고 서로 고개를 끄덕였다.

에필로그가 되기에는 아직 이르다.

후기

처음 뵙겠습니다. 이번에 제15회 MF문고J 라이트노벨 신인상에서 최우수상을 받은 니고 쥬우라고 합니다.

……바로 사죄의 말씀부터 드리고 싶습니다. 저는 페이지 조정이 능숙지 못해서 이 후기는 무려 네 페이지나 됩니다. 보잘것없는 신인 라이트노벨 작가의 후기이므로 이 부분은 깔끔하게 넘기시고 비게 된 몇 분의 시간은 SNS에 감상을 적는 데 써주시면 감사하겠습니다. (교묘한 선전 활동)

다만, 작가 후기 마지막에 QR코드가 있으므로 QR코드를 통해 공식 트위터를 팔로우해주시면 무척 기쁘겠습니다. (끈질긴 선전 활동)

그럼 그런 후기의 서론을 끝냈으므로 다시 한번 『탐정은 이미 죽었다.』를 구매해 주신 독자 여러분께 감사의 말씀을 드리겠습니다.

제목을 보고 본격 미스터리를 기대해 주신 분들께는 고개를 조아려야 할 이야기였을지도 모르겠습니다만 장르가 전부 담긴 엔터테인먼트 소설로 즐겨주신다면 그 이상 기쁜 일은 없습니다.

　이 소설을 쓰게 된 계기는 불현듯 머릿속에 떠오른 "승객 여러분 중에 탐정님은 안 계십니까?"라는 한 문장이었습니다.

　그때는 설마 저도 이 정도로 장르가 뒤섞인 소설이 될 거라고는 생각 못 했습니다만, 저에게 있어서 라이트노벨이란 무엇인지 새삼 생각해 본 결과 처음으로 떠오른 건 '자유로움'이었습니다.

　그렇다면 자신이 재미있다고 생각하는 모든 장르를 망라하며 가장 쓰고 싶었던 '주인공과 히로인의 대화와 관계성'을 주체로 한 이야기를 만들어도 괜찮지 않을까, 하고 생각해서 컴퓨터 앞에 앉은 결과로 이 소설이 탄생했습니다.

　그 시도가 과연 성공했는지 어떤지는 독자 여러분의 평가를 기다릴 수밖에 없습니다만, 이렇게 한 권의 책으로 만들어 주신 것을 생각해 보면 그때 떠오르는 대로 키보드를 두드린 시간은 헛되지 않았었다고 생각합니다.

　여기까지 말했으니 일반적이라면 마무리에 들어가기에 딱 좋습니다만 무려 아직 두 페이지나 지면에 여유가 있으므로 부디 조금만 더 읽어 주시길 바랍니다.

　약간 뜬금없기는 합니다만 독자 여러분께서는 "인생 너무 힘들지 않나……?" 하고 생각하신 적은 없으신지요. 저는 있습니다. 언제 그걸 깨달았냐면 아마 유치원을 중퇴했을 무렵이었다고 생각하니(유치원을 중퇴하지 말길) 벌써 20년 이상이나 "인생이 너무 힘들다……." 하는 생각을 가지고 살아가고 있습니다.

주변 친구들이 당연하게 하는 걸 못하는 타입의 아이여서 많은 상황에서 많은 고생을 하며 "내 탓이 아니야, 사회 탓이야, 나라 탓이야……." 하고 방구석에서 무릎을 감싸 안고 엉뚱한 곳으로 책임 전가를 하는 나날이었습니다만, 그럴 때 자신을 지탱해준 존재가 바로 '라이트노벨'이었습니다──. 이런 흐름으로 전개하면 뭔가 좋은 이야기인 것처럼 끝낼 수 있을 것 같아서 쓰고 있었습니다만, 역시 그다지 상관은 없습니다.

처음으로 라이트노벨을 만난 건 대학 수험에서 실패하여 재수 학원에 다니기 시작했지만 의욕이 생기지 않아 서점에서 농땡이 피우고 있었을 때였습니다. (쓰레기인가?)

그로부터 순조롭게 정상적인 인생의 길에서 벗어나게 되어 오랫동안 사회성과도 거리가 멀어지게 되었습니다만 이렇게 자신이 쓴 라이트노벨이 세상에 나온다는 귀중한 경험을 할 수 있게 되어서, 이렇게 말하면 세상 사람들에게 혼날 것 같습니다만 요새는 인생 게임 같은 인생이라고 생각하고 있습니다.

그럼 처음에 사죄로 시작했으니 여기서는 감사의 인사로 끝내도록 하겠습니다.

우선 담당이신 O님.

제시해주신 허들을 좀처럼 넘지 못해서 현재 진행형으로 폐를 끼치고 있으니 송구스럽습니다. 이번 권도 O님께서 계시지 않으셨다면 태어나지 못했을 캐릭터와 전개가 많이 있습니다. 정말 감사드립니다. 부디 앞으로도 계속해서 잘 부탁드리겠습니다.

다음은 일러스트를 그려주신 우미보즈 님.

자신의 서툰 이미지와 문장에서 포인트를 잘 캐치하여 정말로 멋진 캐릭터들을 만들어주셔서 어떻게 그 감사를 전해야 할지 모른 채 지금도 이 후기를 쓰고 있습니다. 제 용돈에서 7억 엔 정도는 준비해야 하지 않나? 하고 생각했습니다만 프로필란에 숙주나물이 먹고 싶다고 적혀 있었으니 그쪽이 좋을까요? 일러스트를 담당해주셔서 대단히 감사합니다.

그리고 이 책의 출판에 관련된 모든 분, 신인상의 심사위원을 맡으신 네 분의 선생님들, 그리고 응원해주신 가족, 친구, 독자 여러분께 다시 한번 감사의 말씀을 드립니다. 정말로 감사합니다.

마지막으로 공지가 있으므로 다음 페이지를 봐주시면 감사하겠습니다.

**탐정은 이미 죽었다
공식 트위터 (일본)**

그 날, 탐정은 죽었다.

탐정은 이미 죽었다 2

2021년 2월 발매 예정

그건 **명탐정**의 죽음에 대한 진상.

탐정과 조수의

길고도 **짧았던** 여행의 기록.

탐정은 이미 죽었다 1

2020년 12월 25일 제1판 인쇄
2022년 05월 30일 4쇄 발행

지음 니고 쥬우 | **일러스트** 우미보즈

옮김 김민준

발행 영상출판미디어(주)
등록번호 제 2002-000003호
주소 21315 인천광역시 부평구 부평대로 283 A동 702호
전화 032-505-2973(代) | **FAX** 032-505-2982

ISBN 979-11-6625-458-1
ISBN 979-11-6625-457-4 (세트)

TANTEI HA MO、SHINDEIRU。 Vol. 1
ⓒnigozyu 2019
First published in Japan in 2019 by KADOKAWA CORPORATION, Tokyo.
Korean translation rights arranged with KADOKAWA CORPORATION, Tokyo.

구매 시 파손된 도서는 구매처에서 교환하실 수 있습니다.
기타 불편사항, 문의사항이 있으신 독자님께서는 노블엔진 홈페이지 [http://novelengine.com] 에서
Q&A 게시판을 이용해 주시기 바랍니다.

노블엔진(NOVEL ENGINE)은 영상출판미디어(주)의 라이트노벨 및 관련서적 브랜드입니다.